DIE 222

Günter Prodöhl

Der Witwenmörder

und andere
Kriminalfälle ohne Beispiel

DAS NEUE BERLIN

Die Krimi-Reihe »Delikte – Indizien – Ermittlungen« erscheint seit 1970.

ISBN 3-360-01222-4

1. Auflage dieser Ausgabe
Die Geschichten sind der im Verlag Das Neue Berlin erschienenen Ausgabe »Kriminalfälle ohne Beispiel« entnommen.

Rosa-Luxemburg-Str. 39, 10178 Berlin
Umschlag- und Reihengestaltung: Matthias Gubig
Druck und Bindung: Ebner Ulm

Inhaltsverzeichnis

Im Kittchen war kein Zimmer frei

Dort, wo die Fernverkehrsstraße nach Paris den großen Bogen macht, dort, wo man den herrlichen Blick über das Tal der Saône hat, steht die Polizeipräfektur des Örtchens Montéjour, erkennbar an der verwitterten, ausgefransten Trikolore und dem Schnauzbart des Präfekten Claudius Brodequin, die beide den lieben langen Tag aus dem Fenster des Amtszimmers heraushängen. Montéjour zählt annähernd dreitausend Seelen, fleißige Weinbauern und Landwirte, die alle mit dem Hüter des Gesetzes auf du und du stehen und ihm erlauben, auf Kosten des Staates ein gemütliches, wenig aufregendes Beamtendasein zu führen. Die Kriminalität in Montéjour ist oder – genauer gesagt – war gleich Null, und das Drei-Zellen-Gefängnis des Dorfes stand die meiste Zeit des Jahres leer.

So war Präfekt Brodequin einigermaßen erschrocken, als aufgeregte Dorfbewohner zu ihm kamen und sein sofortiges polizeiliches Einschreiten forderten. In die Wohnung des Herrn Pfarrers war eingebrochen worden; ein großer Rucksack voller Delikatessen und 40000 Francs aus der Kasse der Gemeindekollekte waren gestohlen worden. Eine solche Schandtat gab es in der ganzen vierhundertfünfzigjährigen Geschichte des Dörfchens nicht. Die Gemeinde hatte der heilige Zorn gepackt. Fast vollzählig war sie vor der Pfarre aufmarschiert, um Sühne für die »Gotteslästerung« zu fordern.

Gemäß den Vorschriften hätte Präfekt Brodequin nur den Tatort sichern und aus der Stadt die Kriminalpolizei zur weiteren Bearbeitung des Falles anfordern müssen. Doch der Präfekt sah erst einmal auf die Uhr und stellte Betrachtungen an, ob die Dienstzeit wohl noch ausreiche, die zeitraubenden Formalitäten zu erledigen.

Es war bereits sechzehn Uhr dreißig. Ehe er telefonische Verbindung mit der Stadt bekäme, würde es siebzehn Uhr sein, und im Kriminalbüro wäre dann auch der unbedeutendste Sekretär nicht mehr anwesend. Brodequin war selbst Beamter genug, um zu wissen, wie genau in den staatlichen Behörden die Büroschlußzeiten eingehalten werden. Die Anzeige käme also frühestens am nächsten Morgen dem zuständigen Sachbearbeiter in die Hände. Ehe der dann Dienstreiseauftrag, Spesenvorschuß und die sonstigen dazugehörigen Formalitäten erledigt hätte, wäre es bestimmt Mittag. Dann könnte er nur den Nachmittagszug nach Perréon erreichen und müßte die elf Kilometer von Perréon nach Montéjour auch noch zu Fuß zurücklegen, weil mittwochs der Nachmittagsbus ausfällt. Ein Kriminalbeamter aus der Stadt wäre also auch erst am nächsten Tag um siebzehn Uhr in Montéjour und hätte sofort wieder Feierabend. Frühestens Freitagmorgen könnte er die Fahndung nach dem Pfarrhauseinbrecher aufnehmen!

Das alles überlegte Brodequin gewissenhaft, und er kam endlich zu dem Schluß, die Fahndung nach dem Einbrecher selbst in die Hand zu nehmen, auch auf die Gefahr hin, Überstunden machen zu müssen. Unter den Montéjourern würde der Einbrecher wohl kaum zu finden sein. So sündige und gottlose Burschen es im Dorfe auch gab, dem Herrn Pfarrer die Vorratskammer auszuräumen und die Kollektengelder zu stehlen wagte wohl niemand von ihnen. Lebensmittel hatten sie selbst genug, und Geld konnten sie viel unauffälliger während der Messe aus dem Klingelbeutel stibitzen. Es kam demnach nur ein Ortsfremder als Täter in Frage. Vor noch nicht einer Stunde war der Einbruch geschehen; die nächste Bahnstation lag elf Kilometer, also fast zwei Stunden Fußweg entfernt. Wenn er Glück hatte, konnte er den Dieb noch einfangen, rechnete Brodequin sich aus. Kurz entschlossen eilte er in die Präfektur zurück und holte sein Motorrad aus der Garage.

Drei Kilometer vor Perréon, gerade als ihm das Benzin ausging, stieß er auf einen bärtigen, verwilderten Alten, der an einem Wiesenrain saß und seelenruhig die Delikatessen der Pfarrhausspeisekammer verzehrte. Genüßlich nahm er gerade einen tiefen Schluck Beaujolais, als der Präfekt ihm plötzlich die Dienstpistole auf die Brust setzte. Claudius Brodequin war von Natur aus ein friedfertiger Mann, doch die Unverfrorenheit, mit der der Alte die Flasche leerte, bevor er von dem Präfekten Notiz nahm, brachte ihn aus der Ruhe. »Hundsfott, elender!« schrie er ihn an, packte ihn bei den Revers seines zerschlissenen Jacketts und stellte ihn mit einem gewaltigen Ruck auf die Beine. Während er ihn kräftig schüttelte, tobte er: »Schämst du dich nicht, in das Haus des Herrn Pfarrers einzubrechen? Seit Montéjour steht, ist solch eine Schweinerei noch nicht vorgekommen. Der Teufel wird dich frikassieren.«

Der Alte zuckte gleichgültig mit den Schultern. »Hochwürden wird's verwinden, es war ja noch genug da«, sagte er demutsvoll und bückte sich dann, um die verstreut umherliegenden Büchsen, Gänseleberpasteten und die Schinken- und Wurstenden wieder einzusammeln. Barsch riß Brodequin ihm den Rucksack aus der Hand, deutete dann mit dem Pistolenlauf auf die ausgebeulte Hosentasche des Landstreichers und fragte: »Da, was hast du da noch drin? Los, raus damit!« Seufzend griff der Alte in die Tasche und holte einen Packen Francscheine heraus. »Na, Gott sei Dank!« murmelte der Präfekt erleichtert und schob das Geld schnell in die Rocktasche seiner Uniformjacke. Ein Stein fiel ihm vom Herzen, die Kollektengelder waren gerettet.

Der Abtransport des Gefangenen war mit einigen Schwierigkeiten verbunden. Den Rucksack hing Brodequin an den Lenker des Motorrades, mit der Rechten schob er das Rad, mit der Linken, in der er die Pistole hielt, trieb er den Landstreicher vor sich her. Der Rückweg nach Montéjour war acht scheinbar endlose Kilometer lang und führte über mehrere Hügel. Schon nach zwei Kilometern ging Brodequin die Puste aus. Der Schweiß stand ihm in dicken Perlen auf der Stirn, und es schaffte ihm auch keine Erleichterung, daß er sich den Kragen der Uniform aufknöpfte. An pünktlichen Feierabend war überhaupt nicht mehr zu denken. Kurzerhand drehte er den Spieß um und ließ den Landstreicher das Rad schieben. Doch das ging keine hundert Meter, dann gingen dem Alten die Kräfte aus.

»Monsieur«, sagte er atemlos, »das ist zuviel Strafe, ich bin zweiundsechzig Jahre alt. So etwas Schlimmes habe ich ja nun auch nicht verbrochen, daß Sie mich hier zu Tode schinden. Ich werde mich beim Justizminister beschweren. Körperliche Mißhandlungen von Gefangenen sind laut Gesetz strengstens verboten. Ich kenne mich da aus und möchte Ihnen nicht gern Ungelegenheiten bereiten.«

So blieb Präfekt Brodequin schließlich nichts weiter übrig, als seine Maschine keuchend und fluchend selbst nach Montéjour zu schieben.

Im Dorf wurde der erschöpfte Präfekt wie ein Held gefeiert. Es war also doch Verlaß auf die französische Polizei. Das wußten ihm die Montéjourer zu danken.

Außerdem machten sie kein Hehl aus ihrer Freude, endlich einmal eine Abwechslung im tristen ländlichen Dasein zu erleben. Ein richtiger, echter Einbrecher in Montéjour! Das mußte gefeiert werden. Zu Hunderten standen die Bauern vor der Präfektur, schwatzten und debattierten, was der Kerl wohl sonst noch auf dem Kerbholz haben könnte. Immer mehr Bauern erinnerten sich, daß in den letzten Monaten dies und jenes bei ihnen verschwunden war. Alles wurde nun dem arretierten Landstreicher zur Last gelegt, der ahnungslos im Dienstzimmer der Präfektur saß und die erste Vernehmung über sich ergehen ließ.

»Name?« fragte Brodequin energisch, nachdem er das Protokollformular in die altersschwache Schreibmaschine gespannt hatte.

»Pierre Baptiste Rosoy, geboren achtzehnten Januar achtzehnhundertvierundneunzig zu Marmande, letzter Wohnort Pont l'Evêque«, ratterte der Landstreicher die Antwort mit einer Routine herunter, die erkennen ließ, daß er sich in den Formalitäten eines polizeilichen Verhörs gut auskannte.

»Beruf?« fragte Brodequin weiter.

»Ohne«, antwortete Rosoy gehorsam und begann mit dem Federhalter zu spielen, der vor ihm auf dem Schreibtisch lag. Der Präfekt sah auf, nahm ihm den Federhalter weg und fragte vorwurfsvoll: »Ohne? Was soll das heißen? Sie müssen doch von irgend etwas leben?« Hier, im offiziellen Verhör, befleißigte der Präfekt sich plötzlich des vorgeschriebenen »Sie« bei der Anrede.

»Nun ja, Monsieur, mein Vater war ein armer Tagelöhner und hatte nicht das Geld und die Geduld, mich einen Beruf erlernen zu lassen. Solange ich zur Schule ging, half ich auf dem Gut, auf dem auch mein Vater arbeitete. Aber ich sah darin kein Vorwärtskommen. Deshalb bin ich mit vierzehn Jahren ausgekniffen. Seither bin ich gewandert. Im Sommer wenigstens.«

»Und im Winter?«

»Da saß ich meistens im Gefängnis. Dort war es warm, und es gab auch einigermaßen zu essen. In Pont l'Evêque jedenfalls ließ es sich aushalten.«

»Also vorbestraft«, unterbrach Brodequin sofort den Redefluß des Alten und begann wieder auf seiner Schreibmaschine zu hämmern.

»Ja, das auch. Einunddreißigmal, glaub ich, aber ich möchte mich da nicht festlegen. In meinem Alter kann man sich auf sein Gedächtnis nicht mehr richtig verlassen. In den Akten sind die Vorstrafen aber genau festgehalten.«

Der Präfekt unterbrach sein Protokoll, schüttelte ungläubig den Kopf. »Einunddreißigmal? Das gibt's doch gar nicht!«

»Doch, doch.« Pierre Baptiste Rosoy nickte lebhaft. »Rechnen Sie nur nach. Ich bin zweiundsechzig, und zum Winter brauchte ich ja immer ein Quartier. Das kommt schon zusammen.«

Brodequin pfiff leise durch die Zähne und fragte dann lauernd: »Auch schon wegen Diebstahls?«

»Auch wegen Diebstahls«, wiederholte Rosoy und zuckte dabei bedauernd mit den Schultern, als wollte er andeuten: Das bleibt dabei nun mal nicht aus.

Der Präfekt griff zur Schreibmaschinenwalze und drehte das Protokoll eine Zeile zurück. Er hatte nur »vorbestraft« getippt, jetzt fügte er noch »einschlägig« hinzu. Dann schnalzte er mit der Zunge. »Das wird Sie teuer zu stehen kommen, Rosoy. Diebstahl im Rückfall? Da kennt der Richter keine Gnade.«

»Aber mehr als fünf Monate wird's doch wohl nicht geben?« erkundigte sich der Landstreicher besorgt und begann an den Fingern abzuzählen, ob er auch zum nächsten Frühling wieder das Kittchen würde verlassen können.

»Wir werden sehen, wir werden sehen«, frohlockte Brodequin und war sichtlich stolz, daß der Fall nun doch strafverschärfende Ausmaße angenommen hatte. Dann stützte er beide Ellbogen auf den Tisch, strich sich den Bart und sagte: »So, und nun wollen wir uns dem eigentlichen Tatbestand zuwenden. Warum sind Sie in das Haus des Herrn Pfarrers eingebrochen, Rosoy? Erzählen Sie genau, aber bitte keine Ausflüchte, ich kriege doch alles heraus.«

»Was ist da noch herauszukriegen, Monsieur? Hochwürden war gerade in der Sakristei, und die Tür zum Haus stand offen. Ich wollte nach Pont l'Evêque zurück und brauchte Fahrgeld. Der Herbst ist diesmal ungewöhnlich früh ins Land gekommen, es ist schon zu kalt, um nachts noch im Freien zu übernachten. Ich brauchte ein Winterquartier.«

»Warum Sie beim Herrn Pfarrer ...«

»Na eben darum, ich sagte es ja schon. Ein bißchen Wegzehrung brauchte ich ja auch. Zu Fuß nach Pont l'Evêque hätte noch mindestens vier Wochen gedauert.«

Brodequin hieb mit der Faust so kräftig auf den Tisch, daß das Tintenfaß überschwappte. »Zum Kuckuck, was haben Sie nur immer mit Ihrem Pont l'Eveque?«

Erschrocken fuhr Rosoy zusammen. »In den letzten Jahren habe ich immer in Pont l'Evêque überwintert. Dort läßt es sich leben. Direktor Billa ist ein Mensch mit Herz, verstehen Sie?«

Präfekt Brodequin sah verzweifelt an die Decke seines verräucherten Amtszimmers. »Nun erzählen Sie nur noch, Sie hätten in diesem Pont l'Evêque eigens Straftaten verübt, um dort ins Gefängnis zu kommen!«

»Ich habe es jedenfalls immer so einzurichten gewußt«, antwortete Rosoy bescheiden und sah zu Boden.

Brodequin griff wieder in die Schreibmaschinentasten. »Diesmal werden Sie jedenfalls hier bei uns überwintern, das garantiere ich Ihnen, und nun vorwärts, erzählen Sie endlich, was Sie alles beim Herrn Pfarrer gestohlen haben!«

Die Vernehmung wurde durch keinerlei Abschweifungen mehr unterbrochen. Erst als Rosoy das Protokoll unterschrieben hatte und Präfekt Brodequin die Gefängnisschlüssel aus seinem Schreibtisch nahm, hob Rosoy noch einmal zaghaft die Hand und erkundigte sich: »Bitte, Monsieur, Pont l'Evêque ist ja eigentlich mein letzter Wohnsitz. Könnte ich nicht nach dort gebracht werden?«

»Tatort ist Montéjour, mein Lieber. Das genügt, um Sie hierzubehalten«, wehrte Brodequin alle weiteren Einwände ab und schaffte den Alten dann über die Straße ins Ortsgefängnis.

Das Kittchen von Montéjour diente früher einmal als Kuhstall und war jetzt nur behelfsmäßig in ein Gefängnis umgewandelt worden. Zwei gekalkte Mauern, die man nachträglich gesetzt hatte, unterteilten den Raum in drei Zellen. Die für einen Ausbruch ohnehin viel zu schmalen Fensteröffnungen waren vom Dorfschmied mit armdicken Eisengittern versehen worden. Das Mobiliar erinnerte an mittelalterliche Verliese: In jeder Zelle lagen zwei Strohsäcke auf blanker Erde. Dazwischen standen ein wackliger Holztisch, ein Schemel und in der Ecke ein Melkeimer für die Notdurft. Ein Ofen war nicht vorhanden.

Die Vorstellung, hier den Winter verbringen zu müssen, legte sich wie ein Alpdruck auf Rosoys Gemüt.

Drei Tage und drei Nächte brachte Rosoy in seiner Zelle zu, ohne daß sich der Präfekt auch nur einmal sehen ließ. Der Nachtwächter des Dorfes hatte den Gefangenen lediglich mit einer mehr als dürftigen Verpflegung versorgt. Am Morgen des vierten Tages tönte ein schrecklicher Lärm aus dem Kuhstall über die Straße zu den Fenstern der Präfektur hinauf. Rosoy zerschlug Tisch und Schemel zu ofenfertigem Kleinholz, zertöpperte mit einem Bein des Schemels die Scheibe des vergitterten Fensters und warf dann die Einzelteile des Zelleninventars auf die Straße hinaus. Dazu tobte und schrie er so laut, daß der Präfekt über die Straße gelaufen kam, als hätte es Feueralarm im Dorfe gegeben.

Rosoy verlangte, dem Justizminister vorgeführt zu werden. Brodequin bekam es nun doch mit der Angst zu tun und holte den Landstreicher in die Präfektur. Beschwichtigend erläuterte er Rosoy, daß die Bearbeitung des Falles seine Zeit brauche, das Protokoll müßte in dreifacher Ausfertigung abgeschrieben werden, Zeugen müßten gehört und ein zusätzlicher Bericht über den Vorgang angefertigt werden. Das sei Vorschrift, aber heute noch würde die Akte dem Untersuchungsrichter in Perréon zugestellt werden. In Kürze würde dann auch der Prozeß stattfinden und Rosoys Überführung ins Gefängnis von Perréon erfolgen.

»Den Prozeß und den ganzen Kram könnt ihr euch sparen«, platzte der aufgebrachte Pierre Baptiste Rosoy wütend heraus. »Ich will nicht in Perréon verurteilt werden, sondern in Pont l'Evêque, zum Teufel noch mal!«

Präfekt Brodequin stieg das Blut zu Kopfe. Schon wieder hörte er dieses verdammte »Pont l'Evêque«.

»Hab ich dir nicht schon ein dutzendmal erklärt, daß du dort verurteilt wirst, wo du deine Tat verübt hast? So schreibt es das Gesetz nun mal vor. Die französische Gerichtsbarkeit ist doch kein Wanderzirkus, der aufzutreten hat, wo es dir gefällt!«

Wieder schüttelte Rosoy sein graues Haupt. »Im Gesetz kenne ich mich aus, da brauchst du mich nicht zu belehren. Es schreibt auch vor, daß ein Täter, wenn er an mehreren Orten Verbrechen verübt hat, dort abzuurteilen ist, wo seine schwerste Tat geschah. Und ich habe noch schwerere Verbrechen verübt, in Pont l'Evêque nämlich.«

Brodequin kniff die Augen zu, beugte sich über seinen Schreibtisch, packte den Alten und zog ihn ganz dicht zu sich heran. Wie ein Hofhund, der einen streunenden Kater in der Nähe wittert, knurrte er böse: »So, du hast also noch mehr auf dem Kerbholz, du Hundsfott. Dacht ich's mir doch gleich. Na, dann mal raus mit der Sprache, was hast du denn noch alles gestohlen? Los, red endlich!«

»Ich bin ein Mörder, ein Doppelmörder sogar. In Pont l'Evêque hab ich zwei Leute umgebracht, so!«

Mit einem Ruck riß sich Rosoy von dem Präfekten los, sprang dann auf, reckte sich stolz, als hätte er dem Präfekten eben eröffnet, der Staatspräsident habe ihn zum Ritter der Ehrenlegion geschlagen. Brodequin verschlug es für einen Moment die Sprache, aber dann ging ihm der offensichtliche Zweck dieses Geständnisses auf. Der Landstreicher wollte unbedingt nach Pont l'Evêque zurück! Die Ursache vermochte Brodequin noch nicht zu durchschauen. Aber wenn der Alte sogar einen Doppelmord erfand, mußte es schon schwerwiegende Gründe geben. Dahinter würde er auch noch kommen. Was immer es auch sein mochte, den Plan wollte er vereiteln, jetzt sollte der Alte im Kuhstall von Montéjour sitzen, bis er schwarz würde. Noch vier Wochen konnte Brodequin die Vernehmungsakte im Schreibtisch behalten, so lange, bis der Richter in Perréon Weihnachtsferien machte und in diesem Jahr keine Verhandlungen mehr stattfinden konnten.

Gelassen lehnte sich Brodequin in seinem Sessel zurück, dann griff er zu dem dünnen Aktenstück, blätterte es auf. Er ließ sich Zeit mit der nächsten Frage.

»So, also du willst einen Doppelmord verübt haben! Hm! Na, dann erzähl mir mal, wen du ermordet hast, wann und warum und unter welchen Umständen. Das mußt du ja alles wissen, wenn du ein Mörder bist, nicht wahr, Rosoy? Oder läßt dich da etwa dein Gedächtnis im Stich?«

Pierre Baptiste Rosoy schien nur auf diese Aufforderung gewartet zu haben. Wie ein auswendig gelerntes Weihnachtsgedicht haspelte er sein Geständnis herunter: »Die Eheleute Pellegrin waren es. Am siebenundzwanzigsten April vorigen Jahres verübte ich den Mord. Die Pellegrins bewirtschafteten in Pont l'Evêque die Brasserie in der Rue de la Ferme. Ich mochte sie nie leiden. Sie zeigten sich uns gegenüber immer so reserviert und hatten es nicht gern, wenn Vorbestrafte bei ihnen verkehrten. Nur wenn niemand in der Wirtschaft war, schenkten sie uns einen Calvados aus. Schreckliche Leute.«

»Ja, und weiter, was geschah nun mit den Pellegrins?« fiel ihm der Präfekt ins Wort. Er war inzwischen in Spannung geraten.

»Zunächst gar nichts. Ich war am siebenundzwanzigsten April aus dem Gefängnis entlassen worden. So um Mittag rum. Im Hotel de Paris aß ich erst etwas zu Mittag. Dann kamen ein paar Freunde, und wir feierten Abschied. Das ging bis zehn Uhr abends, dann mußten alle weg. Ich wollte schon im Gefängnis übernachten, aber da sah ich in Pellegrins Wirtschaft noch Licht. Gustave wusch im Spülbecken die letzten Gläser ab, und Louise, seine Alte, war schon dabei, die Fensterladen zu schließen. Es ist also keiner mehr drin, überlegte ich mir, da wird dir Gustave noch schnell einen Calvados eingießen, wenn du nett zu ihm bist und ihm einen spendierst. Wissen Sie, der Gustave war ja gar nicht so, und wenn er noch einen mittrinken durfte, sagte er nie nein. Nur sie, die Louise, war ein Biest und eigentlich auch allein schuld an der ganzen Sache.«

»Ja, ja, kann alles sein«, unterbrach ihn der Präfekt wieder und rutschte ungeduldig auf seinem Sessel hin und her. »Aber nun komm schon zum Mord!«

»Bin ja gleich soweit«, vertröstete ihn der Alte und langte erst einmal ungeniert in Brodequins Zigarettenschachtel, die offen auf dem Schreibtisch lag. Nachdem er sich umständlich und gewissenhaft eine Gauloises angezündet hatte, fuhr er fort: »Ich hatte auch ganz richtig kalkuliert. Gustave langte gleich zur Flasche, aber Louise tobte: ‚Nicht einen Tropfen kriegt der Penner. Willst dir wohl die anständige Kundschaft noch ganz vergraulen?' Und mich schimpfte sie dann einen Strauchdieb und Zuchthäusler. Ich weiß nicht, was sie sonst noch alles vorbrachte. Sie war ja auch das größte Lästermaul in ganz Pont l'Evêque. Die hatte Haare auf den Zähnen, kann ich Ihnen sagen.«

»Ja, ja, glaub ich ja, aber was geschah dann weiter?«

»Ja, was dann weiter passierte, kann ich so genau gar nicht mehr sagen. Louise packte mich, versuchte mich hinauszuwerfen, aber ich hielt mich am Ofen fest. Irgendwie kriegte ich dabei die Kohlenschaufel zu fassen, und als Louise mir schließlich noch eine Maulschelle verabreichte, schlug ich zurück. Mit der Kohlenschaufel. Der Gustave kam dann auch noch, um seiner Frau beizustehen. Das brachte mich so in Wut, daß ich blindlings auf ihn einschlug. Und dann waren sie beide tot. Was ja eigentlich gar nicht meine Absicht war. Was sollte ich nun machen? Ich nahm die Leichen und schleifte sie erst mal hinter die Theke. Dann verschloß ich die Tür zur Straße. Dabei sah ich, wie draußen jemand an der Brasserie vorüberging. Ob er mich gesehen hatte, konnte ich natürlich nicht sagen, aber auf alle Fälle mußte ich nun zusehen, daß ich fortkam. Mit Mühe und Not konnte ich noch ein paar Flaschen Calvados und den Inhalt der Ladenkasse einpacken. Es waren nicht mal zehntausend Francs. Ein trauriges Geschäft. Ich wollte gleich zum Bahnhof gehen, weil noch gegen elf Uhr ein Zug nach Caën ging, aber ich hatte es mir dann gleich wieder anders überlegt. Entdeckte man den Mord schnell, würde man sicher auch auf dem Bahnhof nach dem Mörder suchen. Deshalb beseitigte ich erst mal oberflächlich alle Spuren und packte die Leichen in den kleinen Kastenwagen der Pellegrins, der hinten auf dem Hof der Brasserie stand. Mit dem Wagen fuhr ich dann die Pellegrins ins Birkenwäldchen hinaus und vergrub sie gleich vorn an der neuangelegten Schonung. In der Zeitung hab ich dann später auch gelesen, daß sie von einem Polizeihund dort entdeckt wurden. Ich hatte ja nur wenig Zeit und konnte nicht sehr tief graben. Der Frühzug nach Caën ging schon kurz vor fünf, und den wollte ich auf alle Fälle noch bekommen.«

Dem Präfekten war es nun doch etwas unheimlich geworden. Das kann der Kerl sich doch nicht alles ausgedacht haben, überlegte er und schüttelte dann wieder den Kopf. Warum gestand Rosoy aber den Mord so plötzlich ein, wenn bisher offensichtlich niemand Verdacht gegen ihn geschöpft hatte?

Brodequin war wieder im Zweifel, ob er der merkwürdigen Geschichte mißtrauen oder ihr Glauben schenken sollte. Er rauchte erst eine Gauloises, um in Ruhe einen Entschluß fassen zu können. Dabei beobachtete er unentwegt den Landstreicher. Rosoy saß unbekümmert wie zuvor da, und seine listigen Augen schienen zu fragen: Na, was wird nun? Jetzt verschlägt es dir wohl die Sprache?

Erst räusperte sich der Präfekt, dann sagte er drohend: »Rosoy, das Geständnis kommt mir ein bißchen spanisch vor. Ich warne dich! Wenn du mich hier aufs Kreuz legen willst, dann ergeht es dir schlecht. Dann kommt noch Irreführung der Polizei zu deinem Einbruch hinzu, und das kostet dich ein weiteres Jahr. Und das verbüßt du hier, in Montéjour, drüben im Kuhstall. Dafür werd ich mich einsetzen!«

Der Alte lächelte nur geringschätzig. »Wenn Sie's nicht glauben, prüfen Sie's doch nach. Fragen Sie an in Pont l'Evêque. Ich kann Ihnen auch noch hundert weitere Einzelheiten erzählen.«

Darauf legte Brodequin nun den Landstreicher fest.

Er ließ sich die Geschichte des angeblichen Doppelmordes ein zweites, ein drittes und ein viertes Mal erzählen. Aber Rosoy ließ sich nicht in Widersprüche verwickeln. Ja, er war auch in der Lage, Skizzen des Tatortes und der Stelle, an der er die Leichen der Wirtsleute vergraben haben wollte, anzufertigen. Ein Kriminalbeamter hätte die Zeichnungen nicht korrekter und übersichtlicher herstellen können. Es gab nun wohl keinen Zweifel mehr, daß Rosoy die beiden Morde verübt hatte. Den Polizeipräfekten von Montéjour überlief eine Gänsehaut. Mordfälle kannte er bisher nur aus Kriminalromanen und durch den monatlichen Kinobesuch in Perréon. In der ganzen Provinz hatte es seit dem Kriege keine einzige Mordtat gegeben. Nun erstmals einem richtigen, eiskalten Doppelmörder gegenüberzusitzen mutete Brodequin doch unheimlich an, auch wenn es hellichter Tag war und der Mörder das Antlitz eines harmlosen Mannes zur Schau trug.

Vier Stunden brauchte Brodequin, um die grausigen Einzelheiten des Geständnisses zu protokollieren. Dann sperrte er Rosoy wieder in den Kuhstall und fuhr schleunigst mit seinem Motorrad nach Perréon, um die inhaltsschwere Akte der Staatsanwaltschaft abzuliefern. Hier hatte man das Geständnis zu überprüfen, hier mochte man dann mit dem Alten machen, was man wollte. Brodequin war nicht mehr erpicht, Pierre Baptiste Rosoy den Winter über im Montéjourer Kuhstallgefängnis zu behalten.

Vierzehn Tage später wurde Brodequin nach Perréon zur Staatsanwaltschaft zitiert. Der Herr Oberstaatsanwalt, der Polizeichef und sogar der Bürgermeister hatten sich versammelt und drückten ihm anerkennend die Hand, stellten baldige Beförderung in Aussicht und priesen seine kriminalistischen Fähigkeiten. Pierre Baptiste Rosoy sei tatsächlich der seit anderthalb Jahren in ganz Frankreich vergeblich gesuchte Mörder der Wirtsleute Pellegrin aus Pont l'Evêque, eröffnete ihm der Oberstaatsanwalt. Die angeforderten Protokolle des Mordfalles bestätigten es eindeutig. Bis zum kleinsten Blutspritzer stimmten die Angaben Rosoys mit den Aktenberichten überein. Die Tatortskizze wies nicht die kleinste Abweichung von der Skizze auf, die die Mordkommission in der Brasserie von Pont l'Evêque unmittelbar nach der Tat angefertigt hatte. Und dort, wo Rosoy es aufgezeichnet hatte, waren auch die Leichen der Ermordeten im Birkenwäldchen, am Rande der neuangelegten Schonung – von einem Fährtenhund aufgespürt –, ausgegraben worden. Nur ein Mensch auf der Welt konnte all dies im Gedächtnis haben: der Mörder der Wirtsleute Pellegrin!

Claudius Brodequin hatte sich um das Ansehen der französischen Landpolizei, die oft genug in Filmen und Büchern verulkt wurde, einmalige Verdienste erworben. Im ganzen Lande würde man künftig nur noch mit höchster Achtung von den Landpolizisten sprechen, versicherte ihm der Herr Bürgermeister und legte dem Präfekten dabei anerkennend die Hand auf die Schulter. Als der Doppelmörder Rosoy dann mit dem Gefangenentransportauto aus dem Kuhstall von Montéjour abgeholt wurde, um nach Pont l'Evêque überführt zu werden, drückte ihm Brodequin ergriffen die Hand und steckte heimlich eine Packung Gauloises in die Jackentasche des Alten.

Dem Gefangenen hatte er schließlich seinen jungen Ruhm und seine bevorstehende Beförderung zu verdanken, und er tat insgeheim Abbitte dafür, daß er an der Wahrheit des Geständnisses auch nur eine Sekunde hatte zweifeln können.

Pierre Baptiste Rosoy indessen fuhr frohgemut und vergnügt vor sich hin pfeifend mit dem Polizeiauto gen Norden, hinauf in die Normandie, nach Pont l'Evêque. Er hatte sein Ziel erreicht, er würde im Winter wieder im geliebten Gefängnis von Pont l'Evêque zubringen können.

Kopfschüttelnd sah Brodequin aus seinem Fenster dem Transport nach, bis eine riesige Staubwolke ihm die Sicht versperrte. Daß ein abgefeimter Mörder, nach dem die Polizei anderthalb Jahre vergeblich gesucht hatte, ein Geständnis ablegte, obwohl ihn niemand danach gefragt hatte und das zunächst auch niemand hören wollte, das wollte und wollte dem einfachen Landpolizisten nicht in den Schädel hinein.

Obgleich in Montéjour bald jedes Kind die Geschichte des Doppelmörders Rosoy kannte, drang der Fall kaum bis nach Lyon, geschweige denn bis nach Paris. Die Bezirksblätter brachten wohl ein Bild des Präfekten, und die Morgenzeitung von Perréon veröffentlichte auch ein Exklusivinterview mit Brodequin, aber die großen Blätter nahmen keine Notiz von dem Ereignis. Nur in Montéjour blieb die Affäre Tagesgespräch, und Tag für Tag wurde Brodequin gefragt: »Was ist, Claudius? Haben sie dem Alten schon den Prozeß gemacht? Hat er mildernde Umstände gekriegt, oder werden sie ihn auf die Guillotine legen?«

Selbst wenn der Präfekt an dem Ausgang der Geschichte gar nicht mehr interessiert gewesen wäre, verlangte doch seine Gemeinde genaue Informationen. Der erste und bisher auch einzige große Kriminalfall in dem weltabgelegenen Dörfchen an der Saône wollte bis zur Neige ausgekostet sein.

Der Präfekt mußte Tag für Tag die Zeitungen von halb Frankreich lesen und – als er darin nichts fand – die Staatsanwaltschaft in Perréon drängen, endlich eine authentische Auskunft über das Ende des Falles einzuholen. Genauso wie die Zeitungen keine Silbe über den Fall brachten, blieben auch die Anfragen der Staatsanwaltschaft unbeantwortet, falls sie überhaupt erst abgeschickt worden waren.

So setzte sich denn Claudius Brodequin noch einmal an seine klapprige Schreibmaschine, suchte aus seinen Unterlagen das Aktenzeichen der Mordsache Rosoy heraus und bat die Staatsanwaltschaft in Pont l'Evêque um Auskunft über den Stand des Verfahrens gegen Pierre Baptiste Rosoy wegen Mordes und schweren Diebstahls.

Die Antwort schlug in Montéjour wie eine Bombe ein:

»Das Verfahren gegen den Obengenannten ist eingestellt worden. Der Beschuldigte hat nach den Feststellungen der hiesigen Staatsanwaltschaft mit der erwähnten Mordsache nichts zu tun. Die wirklichen Mörder der Eheleute Pellegrin sind inzwischen in der Schweiz verhaftet worden und werden den französischen Behörden in Kürze ausgeliefert. Der Beschuldigte Rosoy hatte das irreführende Geständnis nur abgelegt, um sich wichtig zu tun. Er wurde inzwischen wegen strafbarer Irreführung der Behörden, selbstverschuldeter Obdachlosigkeit und Landstreicherei in Tateinheit mit schwerem Diebstahl im Rückfall unter Zubilligung mildernder Umstände zu fünf Monaten Gefängnis verurteilt. Das Urteil ist rechtskräftig geworden, der Verurteilte sitzt zur Zeit in Strafhaft bei der Vollzugsanstalt Pont l'Evêque. Gezeichnet Bautou, Staatsanwalt.«

Brodequin las ein ums andere Mal den Brief und konnte nicht glauben, was darin geschrieben stand. Das gab es doch gar nicht, daß einer die tausend Einzelheiten einer Mordtat wie im Schlaf herbetete und Zeichnungen darüber anfertigen konnte und dann nicht das geringste mit der Sache zu tun haben sollte. Da stimmte doch etwas nicht!

In diesem Augenblick faßte der kleine französische Dorfpräfekt einen Entschluß, der den größten Justizskandal der Nachkriegszeit in Frankreich auslöste und das bis dahin völlig unbekannte Örtchen Pont l'Evêque geradezu weltberühmt machte. Aber davon ahnte Brodequin noch nichts, als er sich vornahm, der Sache selbst auf den Grund zu gehen und nach Pont l'Evêque zu reisen. Brodequin fuhr nach Pont l'Evêque und stieg im Hotel de Paris, das gegenüber dem Verwaltungsgebäude des Gefängnisses liegt, ab. Es war schon nach zwanzig Uhr, und an eine Erledigung irgendwelcher Amtsgeschäfte konnte der Präfekt nicht mehr denken. Deshalb begab sich Brodequin auf sein Zimmer, wusch sich die Hände und ging dann in die Gaststube hinunter, um zu Abend zu speisen. Ein ohrenbetäubender Lärm, der aus dem Vereinszimmer des Hotels kam, erregte bald sein Mißfallen. Einige Betrunkene schienen sich dort auf das beste zu amüsieren. Eine der Stimmen, die durch ihre Lautstärke alle anderen übertönte, kam Brodequin bekannt vor, noch aber ahnte er nicht, zu welcher Person sie gehörte.

Als der Kellner Brodequin gerade die bestellte Hammelkeule servierte, öffnete sich die Tür des Nebenzimmers, und zwei betrunkene ältere Männer torkelten heraus. Der Präfekt ließ vor Schreck und Überraschung das Besteck fallen. Einer der beiden Betrunkenen war Pierre Baptiste Rosoy!

Ohne auf Brodequin zu achten, schleifte er seinen Zechkumpan durch die Gaststube bis zur Hoteltür und verschwand dann mit ihm hinter der dicken Portiere des Ausgangs.

Brodequin war zu überrascht, um Rosoy anrufen zu können. Rosoy aber hatte zuviel getrunken, um den Präfekten aus Montéjour in seinem Zivilanzug erkennen zu können. Brodequin fand seine Sprache erst wieder, als der Kellner sich räusperte und besorgt fragte: »Was ist? Monsieur, ist Ihnen nicht gut? Kann ich irgend etwas für Sie tun?«

»Doch, doch, mir ist schon gut«, sagte der Präfekt. »Aber bitte, wenn Sie mir einen Gefallen erweisen wollen, sagen Sie mir, wer die beiden Herren waren, die da eben nach draußen, hm, gegangen sind.«

Der Kellner sah zur Portiere hin, lächelte diskret und sagte dann leise: »Wenn Sie den Herrn meinen, der etwas müde war, das ist Monsieur Billa, unser Gefängnisdirektor.«

»Und der andere? Wer war denn der andere?«

»Monsieur Rosoy, glaube ich, ein guter Freund von Monsieur Billa.«

»Und die übrigen Herren da im Vereinszimmer, sind das auch gute Freunde des Monsieur Billa?«

Der Kellner nickte. »Ich glaube schon, sie sind jedenfalls recht häufig mit ihm hier.« Dem Kellner wurde die Neugier des Gastes dann wohl doch verdächtig. Jedenfalls ließ er Brodequin bald sitzen.

Noch ahnte Claudius Brodequin nur die Tatsachen, auf die er so unverhofft gestoßen war. Eine Woche später aber wußte ganz Frankreich und die halbe Welt von den ergötzlichen Zuständen hinter und auch vor den Mauern des Gefängnisses von Pont l'Evêque. Die Fledermaus-Operette mit ihrem fidelen Gefängnis hatte in dem kleinen normannischen Städtchen Pont l'Evêque eine feste Heimstatt gefunden. Was auf den Operettenbühnen der ganzen Welt ein mit viel Aufwand inszeniertes Spiel ist, war hier seit Jahren alltägliche Wirklichkeit. Einundsiebzig männliche und fünfunddreißig weibliche Strafgefangene führten in Pont l'Evêque eine sehr vergnügliche Selbstverwaltung, die jedem erlaubte, zu tun und zu lassen, was ihm beliebte. Nur ein Gebot kannte die Hausordnung: Niemand durfte vor Beendigung seiner gerichtlich festgelegten Strafzeit fliehen!

Wie sich im einzelnen das Leben in diesem fidelsten Gefängnis der Welt abspielte, haben Operettenkomponisten, Hörspielautoren und Romanschreiber inzwischen in vielfältiger Weise zu gestalten versucht. Wir wollen es hier dabei bewenden lassen, einen sachlichen Bericht über den Prozeß gegen Fernand Billa, den letzten Direktor dieses vergitterten Vergnügungsetablissements, wiederzugeben.

Die Verhandlung fand im Sommer des Jahres 1957 vor dem Schwurgericht in Caën unter Vorsitz des Gerichtspräsidenten René Chausserie-Laprée statt. Als Zeugen hatte man fünfundzwanzig männliche und zehn weibliche frühere Insassen des Gefängnisses Pont l'Evêque geladen. Alle – inzwischen in weniger gastliche Häuser umquartiert – waren in Begleitung eines schwerbewaffneten Polizeikommandos erschienen, und diese Tatsache entlockte einem Journalisten sofort folgenden Artikel: »Da haben wir die ganze Problematik dieses Falles: Ein Mann hat die ganze bisherige Gefängnisordnung auf den Kopf gestellt, aber damit erreicht, daß nicht einer seiner Häftlinge flüchtete und alle treu und brav die ihnen vom Gericht auferlegten Strafen verbüßten. Der Staat heißt diese Art, mit Verbrechern umzugehen, selbst ein Verbrechen und will den Mann, der sie einführte, nun ins Gefängnis stecken. Aber – und das ist der Pferdefuß – diese gerechte Gerechtigkeit braucht mehr Polizisten und Pistolen als Gefangene, um exerziert zu werden. Was ist nun eigentlich die richtige Gerechtigkeit?«

Derartige komplizierte Überlegungen brauchte indessen das Schwurgericht nicht anzustellen. Der Tatbestand war juristisch klar; es ging nur noch darum, das Ausmaß der Verfehlungen des angeklagten Gefängnisdirektors festzustellen. Die ehemaligen Insassen von Pont l'Evêque saßen ein wenig betreten auf den Zeugenbänken, und als der Angeklagte an ihnen vorbei in den großen Gerichtssaal geführt wurde, sah manch einer traurig zu ihm hinüber. Selbst in den Augen des Straßenräubers Georg Gnudde, der sieben Jahre verbüßen mußte, aber das große Pech hatte, daß schon nach zweimonatigem Aufenthalt das Haus in Pont l'Evêque geschlossen wurde, waren Rührung und echtes Mitleid zu erkennen.

Am meisten betroffen aber war Pierre Baptiste Rosoy. Dicke Tränen liefen über seine Wangen, als Billa an ihm vorüberging. Er machte sich dafür verantwortlich, daß nach der Abberufung Monsieur Billas der harte französische Strafvollzug auch in Pont l'Evêque walten würde. Hätte er in Montéjour nicht die dumme Geschichte von dem Doppelmord zum besten gegeben, wäre Pont l'Evêques Kittchen mit den offenen Türen noch längst nicht geschlossen worden.

Zu allem Unglück wurde Rosoy dann auch noch

als erster Zeuge in den Saal gerufen und vom Gerichtsvorsitzenden mit peinlicher Ausdauer nach allen Details seines Aufenthaltes in Montéjour befragt. Gewiß, bei den Zuhörern erntete Rosoy mit seinen Erzählungen einen Heiterkeitserfolg nach dem anderen, wenn er jedoch zur Anklagebank hinübersah, wollte er am liebsten vor Scham im Erdboden versinken. Mehr als dreißigmal hatte er schon vor dem Richter gestanden, aber noch nie war ihm eine Sache derart nahegegangen wie diesmal.

Endlich sagte der Präsident: »Nun noch eine letzte Frage, Zeuge Rosoy. Wie sind Sie eigentlich auf die Geschichte mit dem Mord an den Eheleuten Pellegrin gekommen? Wenn man hier Ihre Aussagen liest, die Sie in Montéjour gemacht haben, muß man ja wirklich annehmen, daß Sie der Mörder sind. Wo haben Sie denn die ganzen Einzelheiten nur hergehabt?«

Der alte Pierre Baptiste senkte verlegen den Kopf, damit man sein verschmitztes Lächeln nicht sehen konnte, das er sich bei allem Ernst der Situation doch nicht verkneifen konnte. Dann erst erzählte er:

»Sie wissen vielleicht, Herr Präsident, daß wir minderbemittelten Insassen des Gefängnisses gezwungen waren, uns mit Arbeit außerhalb des Hauses unser Taschengeld zu verdienen. Jeden Abend im Wirtshaus zu sitzen, das kostete ja was. Nun war Monsieur Billa so freundlich, mich vorübergehend an die Staatsanwaltschaft als Hilfsschreiber auszuleihen. Der eigentliche Schreiber war wohl an Grippe erkrankt, und da meine gute Handschrift von Monsieur Billa sehr geschätzt wurde – ich erledigte ihm ja immer während der Wintermonate seinen ganzen Verwaltungskram, der den Sommer über angelaufen war –, beauftragte er mich, dem jungen Herrn Staatsanwalt Ponosse zur Hand zu gehen. Das war gerade zu der Zeit, als die Wirtsleute Pellegrin in ihrer Brasserie umgebracht wurden. Der junge Herr Staatsanwalt Ponosse hatte die Protokolle der polizeilichen Ermittlungen aufzunehmen, was er aber vertrauensvoll mir überließ. Damit habe ich natürlich einen umfassenden Überblick über die vielen Einzelheiten der Tat erhalten. Das kam mir später sehr zu Hilfe.

In einen grauenhaften Kuhstall hatten sie mich in dem Dorf gesperrt. Sie werden verstehen, daß es mich mit unwiderstehlicher Macht nach Pont l'Evêque zurückzog. Deshalb meldete ich mich und gestand den Doppelmord ein. Die Einzelheiten kannte ich ja bestens aus den Akten. Ich brauchte sie nur wieder zu Protokoll zu geben. Und als die aus Montéjour meinen Bericht überprüften, fanden sie alles Wort für Wort bestätigt. Ich glaube, die Montéjourer waren auch noch ordentlich stolz, daß sie endlich einmal einen richtigen Mörder gefunden hatten. Ich hatte jedenfalls den Eindruck.«

Den Präsidenten kostete es nun auch Mühe, ein Lächeln zu unterdrücken. »Na gut, Zeuge, dann können Sie sich setzen«, sagte er schnell und ohne Übergang, wohl um sich nicht zu verraten. Rosoy atmete aber erst auf, als er von seinen beiden Posten, die ihn während der ganzen Verhandlung bewachten, aus dem Saal geführt worden war. Er brauchte nun wenigstens nicht mehr die traurigen Augen des angeklagten Gefängnisdirektors zu sehen.

Der Wechselfälscher René Grainville wurde als nächster Zeuge aufgerufen. Auch er wischte sich eine Träne aus dem Auge, als er an den Zeugentisch trat.

»Zeuge Grainville«, eröffnete der Präsident seine Vernehmung. »Wie lange waren Sie Insasse des Gefängnisses von Pont l'Evêque?«

»Zwei Jahre«, erwiderte Grainville höflich. »Ein bedauerliches Versehen eines Ihrer Kollegen. Ich weiß heute noch nicht, weshalb man mich verurteilt ...«

»Schon gut«, winkte der Präsident schnell ab. »Ich will nichts über Ihre Taten, sondern etwas über die Zustände im Gefängnis wissen. Welche Stellung bekleideten Sie eigentlich im Gefängnis?«

Grainville suchte erst nach passenden Worten, ehe er leise antwortete: »Eigentlich war ich Sträfling, aber Monsieur Billa hatte schnell Vertrauen zu mir gefaßt.«

»Wollen Sie sich nicht ein bißchen präziser ausdrücken, Herr Zeuge«, mahnte sofort der Vorsitzende des Gerichts.

»Nun ja, ich war sozusagen Monsieur Billas Stellvertreter, wenn Sie so wollen. Monsieur betraute mich mit allen Verwaltungsarbeiten, die in einem Gefängnis anfallen: Zugänge und Entlassungen, Lieferungen für die Küche, Rechnungen prüfen und was sonst noch alles vorkommt.«

»Haben Sie als Sträfling auch Urlaubs- und Entlassungsscheine für Ihre Mitgefangenen ausgestellt? Hatte denn der Direktor keine Bedenken, daß damit Mißbrauch getrieben werden könnte?« wollte der Präsident weiter wissen.

»Ich sagte wohl schon, daß Monsieur Billa mir sein Vertrauen geschenkt hatte«, antwortete Grainville pikiert. »Außerdem sind auch nie irgendwelche Sachen passiert. Alles ging seinen ordentlichen Gang.«

»Und was war mit dem Gefangenen Lagrande, der drei Monate zu früh mit einem gefälschten Amnestieschreiben der Staatsanwaltschaft entlassen wurde?«

»Das war der einzige Ausnahmefall, Herr Präsident. Aus familiären Gründen. Lagrandes Frau wollte mit einem anderen Kerl nach Tunesien gehen. Sie hielt es wohl nicht länger aus ohne ihren Mann. Da haben wir Lagrande vorzeitig begnadigt, denn es kann doch nicht Sinn der Gerechtigkeit sein, daß ein langjähriges Familienglück wegen der drei Monate Gefängnis zerstört wird, Herr Präsident. Er bekam ordnungsgemäße Papiere ...«

»Sie meinen gefälschte Papiere, Zeuge, denn die Amnestieverfügung hätte ja wohl ordnungsgemäß von der Staatsanwaltschaft ausgestellt sein müssen. Nicht wahr, Grainville?«

»Nur die Stempel stammten nicht von der Staatsanwaltschaft, Herr Präsident. Die Verfügung selbst hatte Rosoy ordnungsgemäß von der Kanzlei der Staatsanwaltschaft besorgt. Nur der Stempel fehlte.«

Dem Präsidenten wurde es nun doch zuviel. »Herrgott, allein auf den Stempel kam es doch an. Die Verfügung stellte die Kanzlei ohne weiteres aus, noch zumal Rosoy dort als Schreiber arbeitete. Aber den Stempel hatte der Staatsanwalt in Verwahrung. Er hätte auch sofort gemerkt, was hier vorging.«

»Aber den Stempel hat doch André genauso schön hingekriegt. Er war ja von dem echten überhaupt nicht zu unterscheiden.«

»André, André?« forschte der Präsident. »War das nicht der ...«

»Der Banknotenfälscher«, gab Grainville sofort hilfsbereit zur Antwort, »der die letzten Hundertfrancscheine auf Tausender umfrisiert hatte. Ja, das war er. Ein Genie, sage ich Ihnen. Mit 'nem Konservendeckel und 'nem rostigen Nagel machte der das Petschaft des Staatspräsidenten nach, daß nicht mal der Kanzleichef einen Unterschied feststellen konnte. Ja, André war ein Genie!«

»Sagen Sie, Zeuge Grainville«, unterband der Präsident weitere Lobpreisungen des Urkundenfälschers André, »hatte der Angeklagte von allen diesen Transaktionen Kenntnis? Bekam er dafür Geld oder andere Zuwendungen?«

»Aber, Herr Präsident!« Erschrocken und entsetzt ob solch fürchterlichen Verdachtes, schlug Grainville sich an die Brust. »Ich bitte Sie, Herr Präsident, wir haben Monsieur Billa mit diesen Nebensächlichkeiten doch nicht belästigt. Da er Schreibarbeiten immer verabscheute, haben wir das alles selbst erledigt!«

»Auch seine Unterschriften?«

»Mitunter ja, Herr Präsident. Aber auch nur, um Monsieur Billa nicht in Gewissenskonflikte zu bringen!«

Der Gerichtsvorsitzende merkte wohl, daß aus dem Zeugen kein abträgliches Wort über den Angeklagten herauszuholen war. Deshalb sagte er auch erschöpft: »Danke, das genügt mir«, und winkte dem Saalposten zu, den nächsten Zeugen in den Gerichtsraum zu rufen.

Der Landstreicher Hugo Alain wurde nun vorgeführt: ein spindeldürres Gestell, das von hinten aussah wie eine Vogelscheuche. Ehe noch der Präsident eine Frage stellen konnte, polterte er los: »Ich will Ihnen mal was sagen, Herr Rat. Diese ganze Schweinerei wäre nie passiert, wenn nicht das vornehme Gesindel aus Deauville zu uns gekommen wäre und die Moral verdorben hätte. Scheckfälscher, Heiratsschwindler, Banknotenfälscher und was sie uns da alles reinsetzten – pfui Teufel, was waren wir doch da vorher für ein solides Gefängnis. Nur Landstreicher, Zechpreller, Wilderer und höchstens mal ein kleiner Einbrecher. Da wußte Monsieur Billa, daß er sich auf alle verlassen konnte. Wir gingen höchstens die Woche zweimal in die Kneipe am Markt und waren Punkt zehn Uhr in der Falle. Daß einer die ganze Nacht über wegblieb, kam bei uns nicht ein einziges Mal vor. Und wir waren auch fast immer dieselben im Haus. Ich kam meistens im November, wie Rosoy. Und wenn der Direktor dann sagte: ›Na, Alain, hast du wieder kalte Füße gekriegt?‹, dann wußte ich: Alain, jetzt bist du wieder zu Hause! So schön wie's auch war, den Sommer über herumzustromern – wenn's auf Weihnachten zuging, wollte man doch wieder ein Dach über dem Kopf haben und ein paar Menschen um sich rum. In Pont l'Evêque waren wir eine große Familie. Am nettesten war es immer am Heiligabend, wenn wir Weihnachtslieder sangen und mit dem Direktor nachts in die Kirche gingen. Aber seit die Gangster aus Deauville bei uns verkehren, werden ja nur noch unanständige Lieder gesungen. Und die Weiber, die haben sich ja noch viel schlimmer benommen.«

Der Herr Gerichtspräsident glaubte nicht richtig gehört zu haben. »Was sagen Sie da? Frauen haben an diesen Veranstaltungen auch teilgenommen?«

»Na und ob«, schnaubte Alain entrüstet. »Monsieur Billa war viel zu gutmütig. Der hat nicht nein sagen können, auch wenn die Gangster noch spät in der Nacht ihre Flittchen aus Deauville mit ins Haus brachten. Das waren vielleicht Kaliber, kann ich Ihnen sagen. Ausgezogen haben die sich und auf den Tischen getanzt. Und geduscht haben sie auch mit den Männern zusammen. Unsereinen wollten sie ja auch immer verführen, aber man hat seinen Stolz. Und was die alles angestellt haben. Ich ...«

Alain zögerte plötzlich weiterzusprechen. Er sah zu den Geschworenen hinüber, unter denen sich drei würdige ältere Damen befanden. Mit versteinerten Gesichtern saßen sie da und sahen mit starren Augen durch Alain hindurch.

»Ich, ich weiß nicht, ob ich das erzählen darf«, stotterte Alain. »Es ist ziemlich unanständig, Herr Präsident.«

Der junge Staatsanwalt fuhr ihn an: »Sie haben hier die reine Wahrheit zu sagen, Zeuge. Sie dürfen nichts verschweigen, darüber sind Sie doch vorhin belehrt worden. Also zieren Sie sich nicht ...«

Ein Hüsteln des Gerichtsvorsitzenden ließ ihn verstummen. »Herr Staatsanwalt«, sagte der Präsident dann, »ich denke, was uns der Zeuge bis jetzt zu diesem Punkt erzählt hat, reicht aus, um sich ein Bild über diese Vorgänge machen zu können. Wir sollten da wohl auf weitere Details verzichten.«

Der Herr Staatsanwalt hätte allerdings gar zu gern noch gehört, was im einzelnen die Damen im Gefängnis getrieben hatten. Enttäuscht sagte er: »Bitte, Herr Präsident, wenn Sie glauben, daß die bisherige Schilderung ausreicht, das ganze Ausmaß der Verfehlungen des Angeklagten deutlich zu machen. Notfalls könnten wir ja auch die Öffentlichkeit wegen Gefährdung der Sittlichkeit ausschließen. Die Entscheidung liegt bei Ihnen.«

Nach einem Blick auf die schockierten Gesichter der Geschworenen sagte der Gerichtspräsident: »Ich denke, daß die Damen und Herren Geschworenen hinreichend informiert sind. Wir wollen uns also die weiteren Erörterungen schenken.«

Dann wandte er sich dem Angeklagten Billa zu: »Angeklagter, eine Frage habe ich aber noch zu dem Komplex: Wußten Sie von diesen Obszönitäten?«

Billa nickte erst stumm mit hochrotem Kopf, dann antwortete er leise: »Das ist aber nur ein- oder zweimal passiert. Ich hab's den Leuten dann ganz energisch verboten.«

Empört schaltete sich Alain wieder in die Vernehmung ein: »Also von wegen ein-, zweimal! Sechsmal war es bestimmt, das kann ich auf meinen Eid nehmen. Aber nachher ging's ja im Hotel de Paris weiter, weil Monsieur Billa es im Gefängnis verboten hatte. Da sind sie immer erst vormittags um zehn ins Gefängnis zurückgekommen!«

»Was denn, durften alle Häftlinge nächtelang wegbleiben?« fragte entsetzt der Gerichtsvorsitzende.

»Aber natürlich. Wer die Taschen voll Geld hatte und die hohen Preise im Hotel bezahlen konnte, schlief doch nicht täglich in seiner Zelle. Das überließ man nur uns armen Schluckern. Monsieur Billa merkte das meistens gar nicht. Er kam ja immer erst mittags zum Dienst.«

Der Präsident rang verzweifelt die Hände. »Dann hätte also auch jeder nach Belieben flüchten können?«

Alain schüttelte den Kopf. »Sehn Sie, Herr Präsident, das taten diese Parasiten nun doch wieder nicht. So gut wie in Pont l'Evêque wär's ihnen ja nie wieder gegangen. Irgendwann wären sie doch wieder erwischt worden, und das wollten sie nicht riskieren. Wer einmal bei uns war, wollte auch so schnell nicht wieder weg. Lebten doch wie im Paradies, diese Schmarotzer. Uns gaben sie ein paar Francs Trinkgeld, und dafür mußten wir sie von vorn und hinten bedienen. Jean Manguy, der Hoteldieb, war überhaupt der schlimmste der feinen Strolche aus Deauville. Den ganzen Tag über zog er seinen feinen Morgenrock nicht aus und kommandierte, als wäre er Monsieur Billa. Wenn er auf dem Gefängnishof seine Sonnenbäder nahm, mußte ich ihm die Couch des Direktors und die seidene Steppdecke nach draußen schleppen. Er hatte sich die täglichen Sonnenbäder ausbedungen, damit man ihm bei der Entlassung nicht die bleiche Gesichtsfarbe ansähe. Das würde ihm bei seiner Berufsausübung hinderlich sein, sagte er mal zu mir.

Ich hab mich auch bei Monsieur Billa über diese Starallüren beschwert, aber gutmütig, wie der Direktor immer war, meinte er, es sei schon ein hartes Los, wenn ein Mensch gegen seinen Willen im Gefängnis leben müsse, man sollte ihm doch ein paar Erleichterungen gönnen. Besonders dem armen Manguy, den es viel schlimmer als uns Landstreicher erwischt hätte. Fünf Jahre müsse er abbrummen, und das sei doch wirklich ein hartes Schicksal. Er als Direktor könne das am besten beurteilen, denn er habe während des Krieges selbst drei Jahre in deutscher Gefangenschaft zugebracht. Warum sollte man dem Burschen nicht ein bißchen Zerstreuung gönnen?

Außerdem führte Monsieur Billa immer an, daß er aus einem Kriminellen wieder einen anständigen, rechtschaffenen Menschen machen wolle. Das ginge aber nur, wenn man ihn mit Nachsicht und Liebe umerziehe. Wenn man durch schlechte Behandlung in ihm nur wieder neuen Haß und Abscheu gegen die Gerechtigkeit erzeuge, käme beim Strafvollzug nie etwas Vernünftiges heraus. Das war nun mal die Auffassung des Direktors.

Ganz hab ich ihn ja nie verstanden, und mit diesen eingebildeten Affen aus Deauville wär ich auch ganz anders umgesprungen, aber Billa war nun mal der Direktor und hatte schon siebzehn Jahre im Justizdienst Erfahrungen sammeln können. Da mußte er sich doch auskennen. Sonst aber war er ein großartiger Mann, der Direktor Billa, nur eben ein bißchen zu nachsichtig«, beendete Alain seine Aussage und sah noch einmal dankbar zum Angeklagten hin.

Dann begann der Staatsanwalt, Alain ins Kreuzverhör zu nehmen. Er fand dabei Gelegenheit, sich noch einmal ausführlicher über die gemeinsamen Badeszenen der Häftlinge mit den Flittchen aus Deauville zu informieren. Die letzte Frage des Staatsanwaltes aber lautete: »Hat der Angeklagte von den Häftlingen irgendwelche Geldzuwendungen erhalten als Gegenleistung für die unstatthaften Erleichterungen, die er ihnen gewährt hatte?«

Auch der Zeuge Alain bestritt das mit aller Entschiedenheit. »Aber nicht doch, Herr Staatsanwalt. Keinen Franc hat Monsieur Billa erhalten. Er wurde höchstens mal zum Austernessen und zu einigen Flaschen Pernod ins Hotel de Paris eingeladen. Aber mehr auch nicht. Und das hat Monsieur Billa wohl auch nur angenommen, weil er sich solche schönen Dinge nicht leisten konnte, Herr Staatsanwalt. Von der Justizverwaltung wird er doch ganz miserabel bezahlt.«

»Danach habe ich Sie nicht gefragt«, knurrte der Herr Staatsanwalt gereizt und verschanzte sich dann wieder hinter seinen Akten.

Den Abschluß und zugleich den Höhepunkt des Prozesses bildete jedoch die Vernehmung des Warenhauseinbrechers Eugene Broissieur. Zu vier Jahren Haft wegen einiger Dutzend Geschäfts- und Warenhauseinbrüche verurteilt, hatte Broissieur fast drei Jahre im schönen Pont l'Eveque verbracht und war mit den Gepflogenheiten des Kittchens genauestens vertraut. Wer Eugene Broissieur zum erstenmal sah und dann dessen Strafregister erfuhr, mußte an seiner Menschenkenntnis zweifeln. Auch in der wenig modischen Sträflingskleidung, mit der Broissieur den Gerichtssaal betrat, wirkte er wie ein vollendeter Gentleman. Sein Kopf mit dem schwarzen, nur an den Schläfen ergrauten Haar war edelgeformt und verlieh ihm das Aussehen eines Pariser Aristokraten. Seine Hände waren schmalgliedrig und von einer nervösen Flinkheit wie bei einem Klaviervirtuosen. Ehe er »mit dem Stemmeisen einkaufen« ging, wie Broissieur seine Straftaten nicht ohne Witz umschrieb, hatte er seine Finger bei zahllosen Taschendiebereien gelenkig gemacht.

Als Broissieur an der Tür des Gerichtssaales dem Landstreicher Alain begegnete, sah er mit der Arroganz eines Großfürsten über ihn hinweg. Obgleich er viele Monate mit ihm unter einem Dach verbracht hatte, war ihm sein ausgeprägtes Empfinden für Standesunterschiede nicht verlorengegangen.

Dem Hohen Gericht erwies Broissieur mit einer knappen Verbeugung seine Reverenz.

Bereitwillig entsprach er der Aufforderung des Präsidenten und gab einen allgemeinen Überblick über das Leben im Gefängnis von Pont l'Evêque.

»Es war human und der Würde eines von Gott geschaffenen Individuums angepaßt. Dafür muß man Monsieur Billa immer danken. Er hat sich um die Besserung der ihm anvertrauten Zöglinge nicht unwesentliche Verdienste erworben«, begann er pathetisch.

»Dann schildern Sie dem Gericht doch bitte mal den Tagesablauf, wie er üblicherweise in der Haftanstalt vor sich ging«, sagte der Vorsitzende. Er befleißigte sich, die vornehme Sprache des Zeugen nachzuahmen.

Broissieur machte wieder eine knappe Verbeugung. »Bitte sehr, Herr Präsident, das ist schnell getan. Um zehn Uhr wurde geweckt. Das Frühstück wurde von mir immer im Hotel eingenommen, die meisten Häftlinge speisten aber doch wohl in der Anstalt. Den wenig amüsanten Vormittag verbrachten viele mit Pokern. Dabei wurde ausgespielt, wer abends die Lagen im Hotel oder in einer der Brasserien, die regelmäßig von den Häftlingen aufgesucht wurden, zu zahlen hatte.«

»Es wird behauptet, daß der Angeklagte auch an diesen Kartenspielen teilnahm«, unterbrach ihn der Vorsitzende.

»Gelegentlich, Herr Präsident. Aber wenn Monsieur verlor, brauchte er keine Runde zu bezahlen. Da sprang dann immer einer der Häftlinge ein. Monsieur Billa hatte ja nur ein kleines Einkommen, wollte uns aber die Freude am Pokern nicht verderben.«

»Die ausgespielten Schnapsrunden trank er also mit?« wollte jetzt der Staatsanwalt wissen.

»Wenn es seine Zeit erlaubte, leistete er uns Gesellschaft. Er war höflich genug, uns nicht zu beleidigen und die Getränke nicht abzuschlagen.«

Der Staatsanwalt machte sich eifrig Notizen.

Inzwischen fragte der Präsident: »Sie haben im letzten Jahre nicht mehr sehr häufig an diesen Zechereien teilgenommen, stimmt das, Herr Zeuge? Und warum nicht?«

»Zunächst nur, weil es mir einfach zu stupid war, jeden Abend in der Kneipe die gleichen Gesichter um sich zu haben und die schon hundertmal erzählten Witze hören zu müssen. Ich bin dann oft ins Kino am Markt gegangen. Aber in Pont l'Evêque wurden leider immer nur die ältesten Filme gezeigt, und das war auch nicht sehr unterhaltsam. Später hab ich mir dann oft eine Taxe kommen lassen und bin nach Deauville bummeln gefahren. Es gibt dort ein paar nette Bars mit beinahe internationalem Publikum.«

»Und wo hatten Sie das Geld für den Besuch dieser internationalen Bars her, Herr Zeuge? Dort verlangt man doch ganz gehörige Preise?« fragte der Vorsitzende, um der Vernehmung eine neue Richtung zu geben.

Broissieur lächelte verstehend, sagte dann aber ausweichend: »Anfangs hatte ich noch etwas auf der Bank, wovon die Polizei nichts ahnte, als sie mich das letztemal festnahm.«

»Und später? Sie sind vor Ihrer Ausquartierung aus Pont l'Evêque doch bald jede Nacht in Deauville gewesen?«

»Das war dann schon gewissermaßen dienstlich, ich möchte fast sagen, mit polizeilichem Auftrag, Herr Präsident. Da zahlte doch der Herr Kriminalsekretär Flaubert meine Zechen.«

Der Präsident zögerte mit der nächsten Frage. »Ja, Herr Zeuge, dann wollen wir am besten auch gleich diesen Punkt mit abhandeln. Erzählen Sie doch mal im Zusammenhang, wie es sich mit dem inzwischen inhaftierten Kriminalsekretär verhielt.«

Broissieur schien diese Aufforderung wenig zu behagen. »Sie werden doch sicher schon hinreichend durch die Akten informiert sein, Herr Präsident. Ist es da noch erforderlich?«

»Leider ja«, sagte der Vorsitzende mitfühlend, und dabei klang mit: Ich würde ja gern verzichten, aber ... Laut sagte er: »Die Geschworenen kennen die Akten nicht und müssen darüber informiert werden, Broissieur. Also, bitte sehr!«

Nach einem tiefen Atemzug begann Eugene Broissieur nun, das wohl kurioseste Nachtleben eines französischen Strafgefangenen zu enthüllen.

»In Deauville, in der Hollywood-Bar, traf ich eines Nachts überraschend Kriminalsekretär Flaubert. Wir waren bekannt durch eine Angelegenheit, die meiner letzten Verurteilung vorausgegangen war.«

»Flaubert hatte den Zeugen nach seinem letzten Einbruch in das Pelzwarengeschäft Pflimlin gefaßt«, erläuterte der Vorsitzende den Geschworenen die etwas knappen Angaben Broissieurs.

»Ja, so kann man es auch sagen. Ich war natürlich peinlich berührt von diesem unerwarteten Wiedersehn. Flaubert mußte ja wissen, daß ich in Pont l'Evêque in Strafhaft saß, und ich fürchtete schon Unannehmlichkeiten für Monsieur Billa. Aber der Herr Kriminalsekretär war wohl nur zu seinem Vergnügen in der Bar und stellte keine Fragen. Wir tranken dann einige Aperitifs und Cocktails und kamen uns menschlich näher ...«

»Und gleichzeitig doch wohl auch ins Geschäft, nicht wahr, Broissieur?«

»Nicht gleich beim ersten Cocktail, aber später, ja.«

»Machte Ihnen Flaubert irgendwelche Angebote?«

»Ja, später schon ...«

»Schlug er Ihnen vor, in bestimmten Geschäften Einbrüche zu verüben?«

Broissieur hob abwehrend die Hände. »Bitte, Herr Präsident, von Einbrüchen kann nun wirklich nicht die Rede sein. Ich will nicht, daß die Sache so ausgelegt wird. Ich habe im Auftrag der Polizei gehandelt und sogar unter ihrer Aufsicht. Monsieur Flaubert war immer in der Nähe, wenn ich seine Aufträge erledigte, und sorgte dafür, daß keine unangenehmen Überraschungen eintraten. Außerdem habe ich auch niemand bestohlen. Die Besitzer der Geschäfte, deren Warenvorräte ich – nun, ich möchte sagen – abtransportierte, waren von vornherein über diese Transaktionen informiert, denn sie hatten sie bei Monsieur Flaubert in Auftrag gegeben. Nachher bekamen sie die Sachen, glaube ich, meist auch wieder zurück.«

Der Gerichtspräsident nickte wissend, aber die Geschworenen und die paar hundert Zuschauer im überfüllten Gerichtssaal hielten den Atem an, starrten ungläubig auf Broissieur.

»Bitte, Broissieur, erklären Sie den Damen und Herren Geschworenen nun auch, wie das alles zusammenhängt, sonst sind Ihre Andeutungen nicht verständlich.«

Nun, da sich die gespannte Aufmerksamkeit aller Anwesenden auf ihn konzentrierte, war Broissieur erst richtig in seinem Element. »Bitte, gern, Herr Präsident. Die Ursachen waren mehr wirtschaftlicher Natur. Die Geschäftslage in Deauville war nicht die beste. Die großen luxuriösen Modegeschäfte und Warenhäuser, seit Jahren ganz auf den Fremdenverkehr des Seebades eingestellt, florierten nicht, denn immer weniger Ausländer kamen ins Land, als Italien, Spanien, Griechenland die bevorzugten Reiseländer geworden waren. Hinzu kam, daß seit der Zeit, da ich noch in der Stadt auf eigene Rechnung arbeitete, die Prämien der Versicherungsgesellschaften für Einbruch- und Diebstahlschäden um hundert Prozent gestiegen waren. Da ich aber nicht mehr tätig sein konnte, wurde auch nicht mehr so oft eingebrochen, und die Geschäftsleute zahlten die erhöhten Prämien nahezu umsonst. In ihrer Not wandten sie sich an Kriminalsekretär Flaubert. Der sollte nun dafür sorgen, daß wieder in ihre Geschäfte eingebrochen wurde, weil das für sie der schnellste und sicherste Warenumsatz war. Nun ja, als Flaubert mich dann unerwartet traf, machte er mir das Angebot, diese so sehr erwünschten Einbrüche auszuführen. Das Ende kennen Sie: Ich ging unter Aufsicht Flauberts nachts wieder einbrechen. Diese Einbrüche mußten einigermaßen fachgerecht ausgeführt werden, damit die Versicherungsgesellschaften, die den Geschäftsleuten den entstandenen Schaden zu ersetzen hatten, nicht mißtrauisch wurden. Die aus den Geschäften abtransportierten Sachen schafften wir mit einem Polizeifahrzeug ins Polizeidepot, wo sie lagerten, bis die Versicherung den Schaden ersetzt hatte und Gras über die Geschichte gewachsen war. Dann erhielten die bestohlenen Geschäftsleute ihre Waren zurück und konnten sie im Ausverkauf verbilligt absetzen. Für meine Arbeit zahlte mir Monsieur Flaubert angemessene Spesen, im allgemeinen fünfzehn Prozent des Wertes der Sachen, die ich abtransportierte. Was er erhielt? Darüber hat er mich leider nicht informiert.«

Broissieur konnte mit seinem Auftritt in diesem Prozeß zufrieden sein. Dröhnendes Gelächter ließ die Wände des Gerichtssaales erbeben, und der Vorsitzende mußte den Zuhörerraum von einem Polizeikommando räumen lassen. Dann erst konnte er sich wieder Gehör verschaffen.

»Herr Zeuge, das alles hat uns nur mittelbar zu interessieren. Wichtig ist aber, welche Summen der Angeklagte von Ihnen oder Kriminalsekretär Flaubert erhalten hat, damit er Sie nachts aus dem Gefängnis beurlaubte. Wie weit wurde Billa in die ganze Geschichte eingeweiht?«

Wie alle vor ihm vernommenen Zeugen schüttelte auch Eugene Broissieur entsetzt den Kopf. »Keinen Pfennig hat er erhalten, Monsieur Präsident. Ich schwöre es. Ein Kistchen Zigarren habe ich ihm gelegentlich mitgebracht, aber natürlich nicht gesagt, woher es stammte. Und ich bin überzeugt, keine Nacht hätte er mich beurlaubt, wäre ihm zu Ohren gekommen, was ich in Deauville trieb. Nur aus reiner Menschlichkeit ließ er mich immer gehen. Nein, so etwas hätte Monsieur Billa nie geduldet. Ihm lag nur daran, uns mit Liebe und Güte zu anständigen Menschen zu machen.«

Fernand Billa, der freundlichste Gefängnisdirektor der Welt, wischte sich, ergriffen über die Anhänglichkeit und Treue seiner Zöglinge, die Tränen aus den Augen. In seinem Schlußwort sagte er dann mit tränenerstickter Stimme: »Sehen Sie, Herr Präsident, ich mag vielleicht ein bißchen zu nachgiebig gewesen sein, aber Sie werden zugeben müssen, daß sich meine Methoden eines neuzeitlichen, auf anständige Behandlung Straffälliggewordener gerichteten Strafvollzuges im Prinzip doch bewährt haben. Was waren sie für schlechte Gesellen, als sie in meine Anstalt kamen, und was für anständige Jungen sind aus ihnen geworden. Alle, aber auch alle traten für mich, ihren Gefängnisdirektor, ein. Wo in aller Welt, frage ich Sie, finden Sie ein zweites Gefängnis, dessen Insassen ihrem Direktor so treu ergeben sind?«

Die Treue und Anhänglichkeit seiner Gefangenen konnten Fernand Billa allerdings nicht davor bewahren, nun selbst ein Gefängnisinsasse zu werden. Das Schwurgericht von Caën verurteilte ihn zu drei Jahren Gefängnis und 50000 Francs Geldstrafe. Es hatte dabei aber strafmildernd berücksichtigt, daß er aus seinen Verbrechen keinen nennenswerten materiellen Vorteil gezogen hatte.

Billas größtes Pech bestand darin, daß er diese drei Jahre in einer Anstalt verbringen mußte, die sich von seinem Haus in Pont l'Evêque unterschied wie der Tag von der Nacht.

Der Witwenmörder

Voller Güte lächelte Königin Elisabeth aus breitem matt-silbernem Rahmen auf den haarlosen Kugelkopf des Eastbourner Polizeichefs Richard Walker herab. Quer über ihr verglastes Antlitz schlug die Brandung des englischen Kanals, die, kaum hundert Meter vom Polizeigebäude entfernt, den Strand des mondänen englischen Seebades überspülte und sich in der blankgeputzten Scheibe widerspiegelte. Bis hinauf zum hundertkarätigen Krönungsdiadem glitschte die Wasserspiegelung, und einen Moment lang schien es, als blicke Majestät aus einem Aquarium.

Kriminalinspektor James Pugh, der das Spiel vom Besucherstuhl aus schon eine geraume Weile beobachtete, konnte ein Lächeln nicht unterdrücken. Ein Räuspern ließ ihn schnell wieder ernst werden. Sir Richard Walker, dem er seit einer halben Stunde gegenübersaß, tupfte sich mit einem bereits durchnäßten Seidentuch dicke Schweißperlen von der Stirn, obwohl dieser fünfte Augusttag des Jahres 1956 über alle Maßen kühl war.

Mit der freien Hand schob Walker einen Packen Zeitungen von sich und sagte endlich mit kraftloser

Stimme: »Also kommen wir zu einem Entschluß, Pugh. Doktor Adams ist seit dreißig Jahren einer der angesehensten Bürger unserer Stadt. Wir können doch gegen solch einen untadeligen Arzt nicht aus heiterem Himmel ein Mordverfahren eröffnen, nur auf die Schmierereien der Skandalpresse hin. Diese Kombinationen haben sich die Reporter aus den Fingern gesogen. Doktor Adams ist einer der reichsten Männer Englands, er hat es nicht nötig, seine Patienten umzubringen.

Nein, da mache ich nicht mit!«

Inspektor Pugh zuckte bescheiden mit den Schultern. »Ich weiß nicht, Sir, ob wir uns das erlauben können. Die Presse bringt einen Artikel nach dem anderen darüber. Die Bevölkerung wird schon unruhig. Diese Geschichte von den Massenmorden des Doktor Adams ist Tagesgespräch in Eastbourne. In allen Teesalons tratschen die Weiber von dem Witwenmörder. Sie nennen Adams nur noch Doktor Blaubart. Es bleibt uns keine andere Wahl, auch wenn Doktor Adams Ihr Freund ist. Wir müssen ein Untersuchungsverfahren einleiten!«

Sir Richard Walker sprang von seinem Ledersessel hoch, stapfte zum Fenster und lehnte den Kopf an die kühle Scheibe. Pugh meinte, den beschleunigten Herzschlag seines Vorgesetzten hören zu können.

Walker überlegte ein paar Sekunden, dann drehte er sich um und ging kurz entschlossen zum Telefon. Während er die Nummer der Fernsprechzentrale wählte, sagte er beinahe triumphierend zu Pugh: »Warum müssen unbedingt wir die Ermittlung führen? Unser Recht gibt uns doch die Möglichkeit, eine übergeordnete Institution einzuschalten. Wir sind eben nicht in der Lage, solch einen schwierigen Fall zu übernehmen. Wozu haben wir unseren weltberühmten Scotland Yard? Sollen die sich die Finger daran verbrennen ...«

Am Apparat meldete sich die Telefonistin. Walker

beauftragte sie hastig: »Bitte Scotland Yard, Fräulein, Morddezernat!«

Während der Polizeipräsident auf die Verbindung mit London wartete und dabei nervös mit der Telefonschnur spielte, sah sein Kriminalinspektor beharrlich zu Boden, um sich die Enttäuschung nicht anmerken zu lassen. Nur zu gern hätte er die Ermittlungen dieses Falles, der in den Schlagzeilen der Presse das »Verbrechen des Jahrhunderts« genannt wurde, selbst geführt. Vielleicht wäre dabei der Oberinspektor herausgesprungen, vielleicht wäre sogar eine Versetzung nach London, in den »Yard« die Folge gewesen?

Kriminalsuperintendent oder – wie er sich viel lieber angesprochen hörte – Chefinspektor Herbert Hannam war ein kompakter, fast grauhaariger Mann von fünfundfünfzig Lebensjahren. Er wirkte wie ein Schiffsmakler, trug sommers und winters einen steifen schwarzen Hut von der Form einer Melone und liebte Marilyn Monroe und unanständige Witze, wenn sie nicht im Dienst erzählt wurden. Sonst war er völlig humorlos, pedantisch und haßte wie kaum ein zweiter Engländer Kriminalromane und Windhundrennen. Sein Lebensziel war, einmal Chef der englischen Kriminalpolizei zu werden. Dieses Ziel verfolgte er seit einundzwanzig Dienstjahren mit verbissener, anfangs geradezu utopischer Beharrlichkeit. Immerhin hatte er es bis zum Leiter des Morddezernates gebracht.

In seinem Stadtrandhäuschen waltete eine zierliche, freundliche Frau, der er an jedem Monatsende seine Gehaltstüte geschlossen abzuliefern hatte und deren Anordnungen er sich bedingungslos fügte, wie er es im Dienst von seinen Untergebenen verlangte. Jeden Morgen, wenn er sich eine Viertelstunde zu früh auf den Weg in sein Büro machte, brachte sie ihn an die Gartentür und rief ihm mit heller, besorgter Stimme nach: »Spring nicht immer auf den fahrenden Autobus, Herbert, und schlag bei diesem Wetter bitte den Mantelkragen hoch.« Seit neunzehn Jahren tat sie dies jeden Arbeitstag, denn noch nie hatte Herbert Hannam den Dienst versäumt.

Kraft seiner Stellung konnte sich Hannam aus der Zahl der täglich gemeldeten Mordfälle zur eigenen Bearbeitung jedesmal den heraussuchen, der irgendwelche sensationelleren Besonderheiten aufwies und von dem zu erwarten war, daß er ein größeres Echo in der Tagespresse finden würde. Hannam hatte ein besonderes Fingerspitzengefühl für diese Publicity-Ausstrahlung eines Mordes entwickelt und war nicht zuletzt dadurch zum bekanntesten Kriminalisten des Yard geworden! Keine Frage also, daß er den Fall des »Witwenmörders von Eastbourne« selbst bearbeiten würde.

Kein Kriminalfall der letzten Jahre hatte in der Öffentlichkeit mehr Aufsehen erregt als die Geschichte von den angeblichen Witwenmorden im Seebad Eastbourne. Mit der Gründlichkeit eines Finanzbeamten traf Hannam in den nächsten Tagen seine Vorbereitungen. Von der Presseabteilung ließ er sich alle in der Weltpresse erschienen Berichte geben, aus Lexika suchte er sich die Geschichte der Stadt Eastbourne, ihrer Einwohner und ihres Lebens. Er studierte den Adelskalender und die Grundbucheintragungen. Dann stellte er sich eine Sonderkommission aus erfahrenen und verläßlichen Mitarbeitern zusammen. Sein Stellvertreter wurde der Detective-Sergeant Hewitt, ein älterer, langjährig erprobter Kriminalist.

Am 12. August 1956 reiste Hannam mit seiner Untersuchungsgruppe nach dem exklusiven Badeort an der englischen Südküste. Dieses Eastbourne war eher ein großes luxuriöses Altersheim voller begüterter Witwen und Pensionäre denn ein Kurort. Jeder vierte Einwohner der Stadt zählte mehr als fünfundsechzig Lebensjahre, und auch die Badegäste waren überwiegend ältere vermögende Menschen. Entsprechend verlief das Leben in der Stadt, eintönig, konservativ, ohne jede Sensation. Die Kriminalität war gleich Null, das letzte Gewaltverbrechen lag volle zweiunddreißig Jahre zurück. Damals hatte ein vierundsiebzigjähriger Millionär seine neunzehnjährige Geliebte aus Eifersucht erstochen. Ehe die Polizei ihre Ermittlungen anstellen konnte, war auch der Mörder an den Folgen seiner Tat gestorben: die Aufregung hatte bei ihm eine Herzattacke verursacht.

Für einen Kriminalisten vom Rufe des Chefinspektors Hannam war dieses Eastbourne ein ödes Jagdgebiet. Es gab keine Verbrecherkneipen, keine Wettläden, keine Freudenhäuser, kein Soho, wo sich Verbrecher gemeinhin aufzuhalten pflegen und von der Polizei aufgestöbert werden können. Hannams Ermittlungen, die er am nächsten Tage einleitete, waren überhaupt die merkwürdigsten, die je ein berühmter Kriminalist zu führen hatte.

Während alle Zeitungen der Welt unter Balkenüberschriften berichteten, daß der neunundfünfzigjährige Eastbourner Arzt Dr. John Bodkin Adams in den letzten zwanzig Jahren etwa zwanzig bis vierhundertzwanzig steinreiche Witwen mit Rauschgiftinjektionen getötet hätte – für die Anzahl war die Phantasie des jeweiligen Reporters ausschlaggebend –, nachdem er sie zuvor mittels Hypnose gezwungen hatte, ihm in ihren Testamenten Vermögen von 31618 bis 498741 englischen Pfund zuzuschreiben, ging der kleine dickliche Mann mit dem runden Kahlkopf und der billigen Nickelbrille auf der Knollennase nach wie vor unbehelligt seinem ärztlichen Tagewerk nach. Ja, seine Praxis in der luxuriösen Villa Trinity Trees 6 vermochte die unzähligen alten Damen, die jetzt als neue Patientinnen täglich zu ihm kamen, kaum noch zu fassen. Es wurde geradezu Mode, vom mordumwitterten Dr. Adams behandelt zu werden, verschaffte es doch den gelangweilten

Frauen den prickelnden Reiz, beim Fünfuhrtee erzählen zu können: »Ich habe mich eben von meinem zukünftigen Mörder untersuchen lassen.«

Chefinspektor Hannam und seinen Mitarbeitern blieb es überlassen, den in Hunderten von Zeitungsartikeln und Tatsachenberichten erhobenen Verdächtigungen im einzelnen nachzuspüren. Vierhundertzwanzig Krankengeschichten verstorbener Patientinnen, die Adams behandelt hatte, wurden nachgeprüft, sechzehn Exhumierungen durchgeführt, ungezählte Testamente eingesehen. Doch es fand sich kein Beweis für die Behauptung, daß Dr. Adams auf Tod oder Nachlaßregelung dieser Verstorbenen Einfluß gehabt hätte. Hannam ließ sich durch keine Enttäuschung entmutigen. Wie ein Spürhund schnüffelte er weiter in Eastbourne herum, bis er endlich in den Kellern mehrerer Apotheken Rauschgiftrezepte aufstöberte, die zwar schon sechs Jahre alt waren, aber alle den gleichen Namen trugen: Mrs. Edith Alice Morrell. Die Unterschrift des Arztes, der die Rezepte ausgestellt hatte, lautete: Dr. John Bodkin Adams. Es schien, als hätte Hannam endlich die richtige Spur gefunden.

Die am 18. November 1950 im neunundachtzigsten Lebensjahr verstorbene Edith Alice Morrell, Witwe eines Liverpooler Konservenfabrikanten, hatte wenige Tage vor ihrem Tode ihr Testament zugunsten Dr. Adams' ändern lassen und ihm ihren Rolls Royce, 6675 Pfund Bargeld und eine Schmuckkassette vermacht. Das erfuhr Hannam von dem ehemaligen Vermögensverwalter der Verstorbenen, dem Rechtsanwalt Sogno.

»Die Testamentsänderung hatte sie unter dem Einfluß von Rauschgift verfügt«, bekundete die einst zum Pflegepersonal der Witwe Morrell gehörende Schwester Anne Mason-Ellis und zählte Hannam sofort die genaue Zahl der auf Adams' Anordnung verabfolgten Spritzen auf. Siebenundsiebzig Injektionen

Morphium und Heroin hatte sie der Frau in den letzten fünf Tagen ihres Lebens verabfolgt. Diese Aussage wurde von der Krankenschwester Caroline Sylvia Randall erhärtet, die ebenfalls zum Pflegepersonal der Witwe Morrell gezählt hatte. Sie gab Hannam zu Protokoll, daß die Rauschgiftinjektionen ausschließlich auf Anordnung von Dr. Adams verabreicht werden mußten. Adams besaß als einziger einen Schlüssel zu dem Schränkchen, in dem Mrs. Morrell ihre Medikamente aufbewahrt hatte.

Die wichtigsten Angaben erhielt Hannam von der Oberschwester Helen Stronach, die die Verstorbene in der Todesnacht gepflegt hatte. Sie wollte sofort auf ihren Eid nehmen, daß Dr. Adams in dieser Nacht seine Patientin zweimal besucht und ihr jedesmal fünf Kubikzentimeter Paraldehyd eigenhändig injiziert hatte. »Eine absolut tödliche Dosis«, wie sie erläuternd hinzusetzte.

Zwei weitere höchst verdächtige Umstände brachte Hannams Assistent, Detective-Sergeant Hewitt, in Erfahrung. Auf Adams' Betreiben war der Leichnam der Verstorbenen nicht, wie von der Familie angeordnet, im Erdbegräbnis beigesetzt, sondern verbrannt worden. Die Asche wurde sogar über dem Meer in alle Winde zerstreut. Zum zweiten hatte Dr. Adams beim Ausfüllen des Einäscherungsscheines die vorgedruckte Frage, ob der behandelnde Arzt aus dem Nachlaß der Toten bedacht worden sei, fälschlicherweise mit Nein beantwortet.

Ein erdrückendes Beweismaterial schien damit zusammengetragen, dennoch gab sich Hannam mit dem Erreichten nicht zufrieden. Er fuhr für einen Tag nach London zurück, um sich die Unterstützung ärztlicher Sachverständiger zu sichern. In der Harley Street, in der die angesehensten und teuersten Londoner Ärzte praktizieren, suchte er zwei Kapazitäten für Rauschgiftfragen auf, die Professoren Dr. Douthwaite und Dr. Ashby. Ihnen legte er die protokollierten Aussagen der Krankenschwestern vor. Beide Ärzte erklärten übereinstimmend, die von Dr. Adams der Patientin in so kurzer Zeit verabfolgten Mengen Morphium und Heroin, besonders aber die in der Tatnacht injizierten zehn Kubikzentimeter Paraldehyd lassen nur den einen Schluß zu: Dr. Adams wollte seine Patientin töten!

Hannam zögerte auch jetzt noch, Dr. Adams festzunehmen. Mit aller Sorgfalt bereitete er diesen letzten Schritt vor. Wohl in der Hoffnung, in der Praxis des Dr. Adams noch weiteres Beweismaterial vorzufinden, ließ er sich zunächst nur einen Haussuchungsbefehl vom Eastbourner Friedensrichter ausstellen. In Begleitung seines Gehilfen Hewitt und des Inspektors Pugh vollzog er am 24. November die Hausdurchsuchung.

Widerstandslos ließ Dr. Adams das über sich ergehen. Als in seinem Schreibtischfach ein notarielles Testamentseröffnungsprotokoll gefunden wurde, aus dem hervorging, daß ihn eine seiner verstorbenen Patientinnen in ihrem Letzten Willen mit einem Legat von mehreren tausend Pfund bedacht habe, gab er sogar zu, im Laufe von fünfunddreißig Jahren von weiteren fünfzehn Patientinnen mindestens 165000 englische Pfund geerbt zu haben. Er erläuterte Hannam, daß derartige Zuwendungen in England durchaus nicht ungewöhnlich wären und zum guten Ton eines Angehörigen der besseren Gesellschaft gehörten.

Hannam versuchte daraufhin, Adams eine Fangfrage zu stellen. »Und warum haben Sie dann auf dem Einäscherungsschein verneint, mit einem derartigen Legat bedacht worden zu sein?«

Adams zögerte keine Sekunde mit seiner freundlichen Antwort. »Weil ich die Verwandten der Verstorbenen nicht kränken wollte. Hätten sie erfahren, daß der Hausarzt auch von der Erbschaft profitierte, wäre ihnen womöglich das Andenken an die Verstorbene getrübt worden. Deshalb!« sagte er verbindlich.

Zwei Tage nach der Haussuchung hatte sich Adams wegen anderer Vergehen vor dem Friedensrichter zu verantworten. Die wochenlangen Untersuchungen hatten nebenher eine Reihe von Gesetzesübertretungen ans Tageslicht gebracht, die zwar gemeinhin als Kavaliersdelikte englischer Ärzte angesehen wurden, nachdem sie aber an die große Glocke geraten waren, mußten sie geahndet werden. Im wesentlichen handelte es sich dabei um das ungerechtfertigte Verschreiben besonderer Medikamente oder um ungenaue Angaben in Krankheitsbescheinigungen.

John Bodkin Adams blieb auch nach dieser Verhandlung auf freiem Fuß; er mußte nur eine Kaution stellen und als einzige Unannehmlichkeit hinnehmen, daß sein Reisepaß einbehalten wurde. Dann hatte er Ruhe bis zum 19. Dezember – drei volle Wochen, die Hannam benötigte, um weiteres Beweismaterial heranzuschaffen.

Um die Mittagszeit jenes kalten Wintertages kehrte Dr. Adams von Hausbesuchen in seine Villa zurück. Kaum hatte er den grauschwarzen Luxus-MG geparkt und war hinter der schweren Haustür verschwunden, bog ein unauffälliger Austin in Trinity Trees ein und hielt ebenfalls vor dem Haus Nummer 6. Hannam, Hewitt und Pugh stiegen aus. Diesmal hatte Hannam einen Haftbefehl in der Tasche.

»Sie sind des Mordes angeklagt«, eröffnete der Chefinspektor die notwendigen Formalitäten der Festnahme.

»Mord?« fragte Adams erstaunt und setzte selbstsicher hinzu: »Ich glaube nicht, daß Sie das beweisen können.«

Auf Mord stand damals in England noch die Todesstrafe, doch Adams schien davon unberührt. Völlig ruhig beauftragte er seine Haushälterin, ihm Handtuch, Seife und Zahnputzzeug in seine kleine

Reisetasche zu packen, dann setzte er den eben erst abgelegten Hut wieder auf und machte eine einladende Bewegung, als wollte er sagen: Bitte, wir können gehen.

Der Chefinspektor von Scotland Yard hatte Mühe, noch schnell den zu einer vorschriftsmäßigen Festnahme gehörenden Satz über das Recht der Aussageverweigerung anzubringen. »Mister, ich habe Sie noch darauf aufmerksam zu machen, daß Sie nicht verpflichtet sind, irgend etwas auszusagen. Falls Sie jedoch aussagen, kann dieses in der Hauptverhandlung gegen Sie vorgebracht werden«, sagte Hannam hastig und fand seinen Hinweis fehl am Platze.

Dr. Adams hatte kein Wort mehr gesagt und schien auch nicht die Absicht zu haben, sich gegen die erhobenen Anschuldigungen zu verteidigen. Überflüssigerweise mußte Hannam noch ein zweites Mal formal dem Gesetz Genüge tun. Auf der Polizeihauptwache von Eastbourne, wo Adams in den Gewahrsam der Polizei übergeben wurde, hatte er ihm erneut den Grund seiner Festnahme mitzuteilen und ihn zu belehren. »Wünschen Sie etwas auf diese Beschuldigung zu erwidern? Was Sie aussagen, wird zu Protokoll genommen und kann in der Hauptverhandlung als Beweis vorgebracht werden.« Die unglückliche Formulierung dieser Rechtsformel machte ihm die Aufgabe nicht leichter; er sagte sie stockend her, wie ein schlecht vorbereiteter Schüler.

Adams nahm seine Nickelbrille ab, putzte sie flüchtig und erklärte dabei fast gemütlich: »Ich halte es für besser, überhaupt nichts zu sagen.«

Daran hielt sich John Bodkin Adams mit unvorstellbarer Beharrlichkeit. In den unzähligen Vorverfahren, die nach englischem Recht dem eigentlichen Schwurgerichtsprozeß voraufgehen, wartete er stets nur mit einem gleichbleibend freundlichen Lächeln auf. Zur Sache selbst sagte er kein einziges Wort.

Während dieser Wochen taten sich über Chefinspektor Hannam die Schleusen irdischen Ruhmes auf. Die Zeitungen, die den Fall bis zum ersten Gerichtstag ungehindert und nach eigenem Belieben buchstäblich ausschlachten konnten, feierten Hannam als den größten Kriminalisten dieses Jahrhunderts. Die amerikanische Filmgesellschaft Warner Brothers bot ihm telegrafisch an, in der geplanten Breitwandverfilmung des »Witwenmörders« die Rolle des Chefinspektors selbst zu spielen, die Kollegen im Yard drückten ihm neidvoll die Hand zur bevorstehenden Beförderung. Ja, als von der Privatkanzlei Ihrer Majestät Königin Elisabeth die erlauchte Belobigung angekündigt wurde und durchsickerte, seine Erhebung in den Adelsstand sei erwogen worden, stiegen selbst dem hartgesottenen Herbert Hannam Tränen der Rührung in die Augen.

Das Schicksal des Witwenarztes geriet zu dieser Zeit in die Hände eines unbekannten Rechtsanwaltes, der rein zufällig mit der Verteidigung Dr. Adams' beauftragt worden war. Sein Name, Geoffrey Lawrence, war noch niemals in den großen Verhandlungssälen der Kriminalgeschichte aufgerufen, geschweige denn in den Zeitungen gedruckt worden. Kollegen pflegten von ihm zu sagen: »Er ist auf der Geige ein ausgezeichneter Mozart-Interpret, aber als Strafverteidiger völlig unmusikalisch.« Seine bisherige Anwaltstätigkeit beschränkte sich im wesentlichen auf die Abwicklung von Scheidungsaffären und auf gelegentliche Interessenvertretungen in unbedeutenden Zivilprozessen. Die Türen eines Schwurgerichtssaales hatten sich noch nicht vor ihm geöffnet. Daß ihm die Verteidigung von Dr. Adams übertragen worden war, verdankte er nur der hoffnungslos scheinenden Position seines Mandanten. Sir Hartley Shawcross, der sich als einer der Hauptankläger im Nürnberger Kriegsverbrecherprozeß einen Namen von internationalem Ruf gemacht hatte und von

Adams für die Übernahme seiner Verteidigung zehntausend Pfund Honorar angeboten bekam, lehnte dieses Angebot trotz der fürstlichen Besoldung mit dem Bemerken ab: »Aussichtslose Sache. Dem Manne ist der Galgen so sicher wie das Amen in der Kirche. Dazu kenne ich Inspektor Hannam zu gut.« Die Rechtsschutzversicherung der Ärzte, der Adams angehörte, beauftragte also Lawrence mit der Verteidigung, weil er die geringsten Honorarforderungen erhob.

Am 19. März 1957 begann im Verhandlungssaal Nummer eins des altehrwürdigen Londoner Gerichts »Old Bailey« der Sensationsprozeß gegen Adams. Die Londoner und mit ihnen halb England fieberten dem Ereignis entgegen mit einer Begeisterung, die sie sonst nur für das Fußballcup-Endspiel oder die Henley-Regatta aufbrachten. Hinter diesem Prozeß verblaßte sogar der Ausbruch einer Boa Constrictor und dreier Schimpansen, die drei Tage zuvor aus ihrem Zirkuskäfig entwichen waren und bis dahin ganz London in Atem gehalten hatten.

Einen Tag vor Beginn der Hauptverhandlung wurde Dr. Adams in das Londoner Gefängnis Brixton überführt. Hier erhielt er die Gefangenennummer 7889, unter der er am nächsten Vormittag zum erstenmal in die Zelle Nummer dreiundzwanzig des »Old Bailey« geschafft wurde. Die Zelle war ein zwölf Quadratmeter großes, gekacheltes Verlies, nur mit einem Holztisch und einem Schemel möbliert. Auf diesem Schemel hatte Adams zu warten.

Es verbesserte seine Laune nicht gerade, als ein mit den Denkwürdigkeiten des Hauses vertrauter Wachtmeister ihm erzählte, daß in dieser Zelle schon die prominentesten Verbrecher der englischen Kriminalgeschichte gesessen hätten, darunter Männer wie Haigh, der Säurebadmörder, und Christie, der sich an Leichen verging. In dem direkt über der Zelle gelegenen Gerichtssaal waren sie alle zum Tod am Galgen verurteilt worden. Vor Mitternacht schon, zwölf Stunden vor Prozeßbeginn, fanden sich draußen, an einem Seitenportal des Gerichtsgebäudes, die ersten mit Klappstühlen und wärmenden Decken ausgerüsteten Zuhörer ein. Morgens waren es Tausende. Als sich um halb zehn Uhr endlich die schwere Eisentür öffnete, gelangten zwanzig von ihnen in den Gerichtssaal. Die anderen Plätze waren für die Vertreter des Hofes, der Gesellschaft und für achtzig zugelassene Pressereporter aus aller Welt reserviert. Der Prozeß genoß die Bedeutung eines Weltereignisses.

Pünktlich um halb elf Uhr wurde Dr. Adams am ersten Tag der Hauptverhandlung die vierzehn Steinstufen hinaufgeführt, die von der Zelle unmittelbar ins Dock, die englische Anklagebank, führen. Die Eröffnungspräliminarien wurden mit der im englischen Gerichtsverfahren üblichen Feierlichkeit abgewickelt. Nachdem der Angeklagte, sein Verteidiger und alle im Saal Anwesenden Platz genommen hatten, zog der Herr Richter Devlin würdevoll in den Verhandlungssaal ein, mit weißer Perücke auf dem Haupt und in einen scharlachroten Talar gehüllt.

Der gemütliche Dr. Adams erhob sich langsam und verbeugte sich höflich. Auf die Geschworenen wirkte er wie eine Mischung von Winston Churchill und dem freundlichen Mr. Pickwick aus Charles Dickens' weltbekanntem Roman. Das brachte dem Angeklagten nicht unerhebliche Sympathien ein.

Ein Justizdiener kam in den Saal. Er trug feierlich eine lange Stange vor sich her, an deren oberem Ende ein Veilchenstrauß befestigt war. Den Strauß frischer Blumen reichte er dem Gerichtsvorsitzenden, als Symbol noch aus jener Zeit, da hier die Angeklagten aus modrigen Kerkern und in verlaustem Zustand der Gerichtsbarkeit der Krone zugeführt wurden.

Dann belehrte Richter Devlin die zwölf Geschworenen über ihre Pflichten in einem Schwurgerichtsprozeß. Die Geschworenen waren alle Angehörige gehobener Gesellschaftsschichten, denn noch heute schließt das englische Recht die weniger Begüterten vom Geschworenenamte aus. Nach einer Vorschrift aus dem Jahre 1825 dürfen nur Grundbesitzer auf der Geschworenenbank Platz nehmen, außerdem Haushaltsvorstände, sofern sie ein Haus besitzen, das mindestens fünfzehn Fenster hat. Damit ist Vorsorge getroffen, daß das gemeine Volk auf die Rechtsprechung Ihrer Majestät keinerlei Einfluß nehmen kann.

»Zwischen Richter und Geschworenen herrscht Arbeitsteilung«, begann Richter Devlin seine Belehrung. »Sie kümmern sich nur um die Tatsachen, ich kümmere mich um das Recht. Das heißt, ich habe festzustellen, ob die juristischen Voraussetzungen gegeben sind, um den Angeklagten wegen Mordes verurteilen zu können. Sie müssen hingegen entscheiden, und zwar einstimmig, ob die dem Gericht vorgelegten Beweise die Schuld des Angeklagten erwiesen haben oder nicht. Über das Strafmaß entscheide ich. So, und nun nehmen Sie wieder Platz«, schloß Devlin seine kurze Ansprache.

Nun endlich konnte der Generalstaatsanwalt der Krone, Sir Reginald Buller, im Nebenberuf Unterhausabgeordneter und Mitglied der Regierung Ihrer Majestät, seine langwallende, frisch eingepuderte Perücke zurechtrücken und mit lauter, energischer Stimme in den Saal rufen: »Sie, John Bodkin Adams, sind angeklagt, am dreizehnten November des Jahres neunzehnhundertfünfzig Edith Alice Morrell aus Habgier ermordet zu haben. Bekennen Sie sich schuldig oder nicht schuldig?«

Ruhig, fast gelassen erhob sich Adams, blinzelte den Kronanwalt an und sagte höflich: »Ich bin unschuldig, Mylord.« Das war alles, was der kleine, zweihundertacht Pfund schwere Provinzarzt in den siebzehn Tagen des Sensationsprozesses sagte. Er setzte sich wieder und rieb fortan sein Doppelkinn auf dem Gummikragen, den er aus Sparsamkeitsgründen trug.

Adams' Geiz war inzwischen genauso bekannt geworden wie seine Vorliebe für kulinarische Genüsse. Eine der großen Zeitungen hatte geschrieben, Adams habe einen solch verwöhnten Gaumen, daß er sein Gebiß vor dem Schlafengehen stets in ein Glas mit Rheinwein lege.

Mit flinken Äuglein zwar, aber mit sonst unbewegtem Gesicht verfolgte Adams den Gang des Prozesses. Wer ihn dabei beobachtete, konnte den Eindruck gewinnen, als sei er ein mäßig interessierter Zuschauer und nicht der Mann, um dessen Kopf es ging.

Sir Reginald Mannigham-Buller, der Kronanwalt, hatte völlig unter dem Einfluß der Pressekampagne gestanden, als er die Anklage in diesem Verfahren übernahm. So wie in den Zeitungen bereits ausführlich beschrieben, reihte er nun die vermeintlichen Beweise aneinander. Wie vom Chefinspektor Hannam in seinem polizeilichen Abschlußbericht aufgeführt, ließ er die einzelnen Belastungszeugen vor den Geschworenen aufmarschieren und sie nochmals Wort für Wort bekunden, was alle Welt schon seit Wochen aus der Zeitung wußte.

Schwester Anne Mason-Ellis wiederholte, daß Adams der verstorbenen Mrs. Morrell in den letzten fünf Tagen siebenundsiebzig Morphium- oder Heroinspritzen gegeben hatte. Carola Sylvia Randall beteuerte aufs neue, daß Adams der einzige gewesen war, der einen Schlüssel zum Medikamentenschrank gehabt hatte, und Oberschwester Helen Stronach ließ keinen Zweifel daran, daß Adams der Patientin in ihrer letzten Nacht eigenhändig zweimal fünf Kubikzentimeter Paraldehyd gespritzt hatte. Die kurzfristige Testamentsänderung zugunsten des Angeklagten, die Verbrennung der Leiche auf Anordnung Adams', alles wurde noch einmal von Zeugen bestätigt. Um das Bild vom mordenden Kleinstadtarzt vollständig zu machen, ließ Kronanwalt Buller noch zusätzlich einen Chor gut ausgewählter Leumundszeugen auftreten. Fast zwei Dutzend ehrbare Bürger des Seebades, Nachbarn, Patienten, Biertischkollegen des Angeklagten, traten in den Zeugenstand und erzählten Abträgliches über Adams' Lebenswandel und seine ärztlichen Fähigkeiten. Nur zur Sache selbst vermochten sie nichts auszusagen. Immerhin, den Geschworenen wurde auf diese Weise deutlich gemacht, daß dem biederen Angeklagten solche Verbrechen zuzutrauen waren.

Als sich danach der kaum ein Meter fünfundsechzig große, unscheinbare Verteidiger des Angeklagten erhob, um die Zeugen ins Kreuzverhör zu nehmen, schlug ihm von den Zuhörerbänken eine Welle des Mitleids entgegen. Was gab es hier noch zu verteidigen, fragte man sich. An diesen Angaben konnte man doch nicht deuteln, dachten die zweihundert Menschen im Zuhörerraum, und das Gesicht des Kronanwaltes Buller drückte eitel Siegesgewißheit aus.

Die ersten Worte Geoffrey Lawrences beeinträchtigten diese gute Stimmung noch keineswegs. Leise, mit geradezu schüchterner Stimme bat er um Verständnis für sein Auftreten. »Ich suche nur die Wahrheit. Bitte, wollen Sie mir dabei helfen«, wandte er sich höflich an die Zeugen, um sie dann langsam, sich immer wieder entschuldigend, in seine Fallen schlittern zu lassen.

Als erste fiel ihm die biedere, verbittert und altjüngferlich wirkende Oberschwester Helen Stronach zum Opfer, ohne daß sie es merkte. Mit ausgesuchter Höflichkeit fragte Lawrence sie, ob sich Krankenschwestern, wenn sie gewissenhaft sind, nicht gewöhnlich über alle wesentlichen Vorkommnisse ihres Dienstes Notizen machten. Oberschwester Stronach bestätigte das eifrig, denn sie wollte als gewissenhafte Krankenpflegerin gelten. Darauf fragte Lawrence weiter: »Über die Behandlung der verstorbenen Mrs. Morrell werden Sie sich dann wohl auch Notizen gemacht haben, nicht wahr, Mrs. Stronach?« Auch das bestätigte Mrs. Stronach, ohne die Falle zu ahnen.

Lawrence fuhr fort: »Mrs. Stronach, es ist über sechs Jahre her, seit Mrs. Morrell verstarb. Wenn ich Sie jetzt nach Einzelheiten Ihrer Arbeit am Krankenbett der Verstorbenen frage und Sie bitte, mir präzise zu antworten, worauf würden Sie sich dann lieber verlassen, auf Ihr Gedächtnis oder auf die Notizen, die Sie sich damals gemacht haben?« Selbstverständlich mußte die Zeugin zugeben, daß ihre Aufzeichnungen die bessere Erinnerungsstütze darstellten.

»Noch eine letzte Frage zu diesem Komplex«, entschuldigte Lawrence seine Beharrlichkeit. »Wenn zwischen Angaben, die Sie nach Ihrem Erinnerungsvermögen gemacht, und der Darstellung der Vorgänge in Ihren Notizen Unterschiede oder Lücken klaffen, wo wäre dann wohl die Wahrheit zu suchen? In Ihrem Gedächtnis oder in Ihren Aufzeichnungen?«

Diesmal antwortete die Schwester nicht sogleich. Sie spürte nun die Falle. Leiser, zögernder als vorher sagte sie: »Wahr wird dann wohl sein, was ich mir damals notiert habe.«

Nachdem Lawrence der Zeugin dieses scheinbar belanglose Eingeständnis abgerungen hatte, unterbrach er das Kreuzverhör, bückte sich und entnahm einem schäbigen Lederkoffer, in dem er seine Akten und sein Frühstücksbrot mit sich führte, ein orangefarbenes Schulheft. Er klappte es auf, hielt es der Zeugin hin und fragte sie: »Ist dies das Heft, in dem Sie sich Notizen über Ihre Arbeit bei Mrs. Morrell machten?«

Helen Stronach konnte nur mit dem Kopf nicken. Daraufhin förderte Lawrence ein zweites Schulheft zutage, ein drittes, ein viertes, insgesamt acht Stück schließlich, in Rot, Orange und Dunkelblau. Er hatte die authentische Krankengeschichte, die die Krankenschwestern über die letzten Monate der Mrs. Morrell geführt hatten, hervorgezaubert.

Diese acht Schulhefte stellten dann die eigentliche Sensation des Sensationsprozesses dar. Chefinspektor Hannam hatte wochenlang in Apothekenarchiven, Testamentsregistern und Krankengeschichten herumgesucht, diesen Heftchen aber hatte er so wenig Bedeutung beigemessen, daß er sie nicht einmal in die Hand genommen, geschweige denn ihren Inhalt studiert hatte. Der kleine, unbedeutende Zivilprozeßanwalt baute jedoch mit ihrer Hilfe eine Verteidigungstaktik auf, die ihn in wenigen Tagen zum berühmtesten Strafverteidiger Englands machte. Durch diese acht Schulhefte brachte er das ganze so solide konstruierte Gebäude der Mordanklage zum Einsturz. An Hand der Krankengeschichte konnte er unwiderlegbar nachweisen, daß nicht nur Dr. Adams der Verstorbenen Rauschgift gespritzt hatte, sondern daß vor ihm auch mehrere andere Eastbourner Ärzte Mrs. Morrell die gleichen Rauschgiftmengen verabfolgt hatten. Nicht in einem verschlossenen Schrank, zu dem nur Adams über einen Schlüssel verfügt haben sollte, hatten die Medikamente gelegen, sondern in einer offenen, jedermann zugänglichen Schublade. Nicht Dr. Adams hatte der Witwe Morrell in der Todesnacht die letzte Spritze mit fünf Kubikzentimeter Paraldehyd gegeben, sondern die Nachtschwester Randall. Sie hatte es eigenhändig in der Krankengeschichte vermerkt.

Dann nahm Lawrence den Nachlaßverwalter Sogno, der Hannam Mrs. Morrells Testamentsänderung zugunsten von Dr. Adams verraten hatte, ins Kreuzverhör. Sogno mußte eingestehen, daß in dem abgeänderten Testament nicht nur Dr. Adams, sondern auch Schwester Randall mit einem Legat von dreihundertfünfzig Pfund bedacht worden war.

Völlig zerrüttet wurde die Glaubwürdigkeit der Krankenschwestern durch einen zweiten Schachzug des Verteidigers. Nach dieser Verhandlung ließ Lawrence die Frauen von einem Privatdetektiv verfolgen und ihre Gespräche belauschen. Am nächsten Tag konnte er den Geschworenen das Ergebnis dieser Schlüssellochbeobachtung unterbreiten. Der in den Zeugenstand gerufene Detektiv bekundete: »Die drei Zeuginnen haben sich auf der Heimfahrt über den Prozeßverlauf eingehend unterhalten und sich verabredet, am nächsten Verhandlungstage zu widerrufen, daß die Rauschgifte in einer unverschlossenen Schublade aufbewahrt wurden.«

Mit gesenkten Köpfen mußten die Schwestern die Richtigkeit dieser Behauptung eingestehen. Damit waren ihre Aussagen für die Urteilsfindung wertlos und mußten nach englischem Recht aus den Prozeßprotokollen gestrichen werden.

Chefinspektor Hannam hatte von dem Versagen seiner drei wichtigsten Belastungszeugen kaum erfahren, da kam schon die Reihe an ihn. Mit den üblichen altüberlieferten Höflichkeiten ließ ihn Verteidiger Lawrence zum Verhör in den Gerichtssaal rufen. Siegessicher und mit verbindlichem Lächeln stieg Hannam in den Zeugenstand und sah sich wohlgefällig im überfüllten Saal um. Alle Augen waren auf ihn gerichtet, von ihm erwartete man die entscheidenden Aussagen.

Verteidiger Lawrence nahm ruhig einen Bogen mit Notizen zur Hand, ehe er mit leiser Stimme fragte: »Herr Zeuge, ich habe eigentlich nur eine einzige Frage an Sie zu richten, würden Sie sie mir bitte beantworten?«

Hannam stutzte. Eine Frage nur? Er hatte Antworten für hundert Fragen bereit. Er wollte von seinen Ermittlungen erzählen, von den Schwierigkeiten, von den Details seiner Untersuchungen. Enttäuscht antwortete er: »Bitte sehr, Herr Verteidiger. Fragen Sie nur.«

Lawrence trat einen Schritt aus seiner Bank heraus,

sah wie uninteressiert zur Saaldecke und sagte dann: »Ist es richtig, Herr Zeuge, daß Sie vom Friedensrichter in Eastbourne eine Haussuchungsgenehmigung für die Wohnung des Angeklagten erwirkt haben, und stimmt es, daß Sie mit den Herren Ihrer Mordkommission die Haussuchung selbst durchgeführt haben?«

Der nervös gewordene Chefinspektor atmete erleichtert auf. Lawrence hatte die Frage gestellt, die ihm am meisten am Herzen lag und die er sehr ausführlich beantworten konnte. Bei der Haussuchung hatte ihm ja Adams eingestanden, daß er sechzehn seiner Patientinnen beerbt hatte. Ein Umstand, der für die Motivierung der Anklage von ungeheurer Bedeutung war. Lebhaft, auf seinem grünen Ledersessel nach vorn rutschend, antwortete Hannam dem Verteidiger: »Selbstverständlich habe ich diese Haussuchung vorgenommen. Der Angeklagte wird es Ihnen bestätigen können.«

Sofort hob der Verteidiger die Hand zum Zeichen dafür, daß er nach dieser Ergänzung nicht gefragt habe. Hannam machte es Mühe, sich zu bezähmen. Er wollte weitererzählen, was sich in der Villa alles zugetragen hatte, aber er war in einem Verhör und mußte die nächste Frage des Anwaltes abwarten.

Rechtsanwalt Lawrence stellte keine weiteren Fragen mehr. Er verbeugte sich vor dem Vorsitzenden und Hannam. »Ich danke Ihnen sehr, Herr Zeuge. Das war es, was ich wissen wollte.«

Hannam, der Gerichtsvorsitzende, der Staatsanwalt, die Geschworenen, die Presseleute und die Zuschauer, alle starrten Lawrence fassungslos an, der in seiner Bank Platz nahm wie ein Schuljunge, nachdem er eine richtige Antwort gegeben hatte. Wollte er wirklich weiter nichts fragen, schienen alle Gesichter auszudrücken. Aber Lawrence sah voller Freundlichkeit zum Publikum und bedeutete Hannam mit der Hand, den Zeugenstuhl wieder zu verlassen.

Zögernd ging der Inspektor in den Saal zurück. Sofort erhob sich Lawrence und bat den Vorsitzenden, eine Erklärung abgeben zu dürfen. »Bitte, bitte ...«, antwortete Richter Devlin ungeduldig. Er wartete – wie alle anderen – voller Spannung auf diese Erklärung.

Ehe der Verteidiger zu reden begann, holte er sein kleines Köfferchen unter dem Tisch hervor und entnahm ihm ein abgegriffenes Gesetzbuch. Umständlich suchte er einen bestimmten Paragraphen und zitierte dann dessen Text: »... Eine Haussuchung ist nur den örtlichen Polizeidienststellen erlaubt.« Danach reichte er das Buch dem Sprecher der Geschworenen zur Einsicht und begann zu plädieren.

»Herr Vorsitzender, meine Damen und Herren Geschworenen, ich bitte Sie hiermit, den Zeugen Hannam von der Zeugenliste zu streichen. Ich möchte dafür folgende Gründe benennen: Nach dem Gesetz sind Haussuchungen nur den örtlichen Polizeiorganen, in unserem Fall also den Eastbourner Behörden, erlaubt. Wie Sie eben selbst von dem Zeugen gehört haben, hat er die Haussuchung beim Angeklagten vorgenommen. Der Herr Zeuge aber ist meines Wissens Angehöriger der Londoner Polizei. Folglich war er zu dieser Haussuchung nicht befugt und hat sich damit eines Hausfriedensbruches schuldig gemacht. Ein Polizeibeamter aber, der sich in Verfolgung einer Straftat selbst eines Vergehens gegen die Gesetze schuldig macht, kann vor Gericht nicht als Zeuge auftreten, das würde das Finden eines gerechten Urteils unmöglich machen ...«

Richter Devlin senkte den Kopf und beobachtete die Geschworenen. Sie studierten den Text des Gesetzbuches, konnten aber zu keiner Entscheidung kommen. Da stand Devlin auf, schob seine Perücke zurecht und verkündete: »Dem Antrag des Verteidigers wird aus Rechtsgründen stattgegeben. Der Zeuge Hannam wird vom Gericht nicht mehr gehört werden!«

Es dauerte eine Weile, bis alle Teilnehmer dieser Verhandlung begriffen hatten, was für eine Entscheidung hier gefallen war. Der Chefinspektor von Scotland Yard durfte nichts mehr über den Mordfall aussagen, er hatte gegen ein gültiges Gesetz verstoßen und sich damit selbst schachmatt gesetzt!

Vierundzwanzig Stunden später meldeten die Londoner Abendzeitungen bereits wieder: »Dr. Adams' Schicksal besiegelt. Sachverständiger Dr. Douthwaite bleibt bei seiner Schlußfolgerung: Adams wollte Mrs. Morrell töten.«

Für einen Verhandlungstag schien es wirklich, als sei Adams' Verurteilung nun doch besiegelt. Unmißverständlich sagte der von der Anklage als Zeuge aufgebotene Dr. Douthwaite aus: »Auch wenn ich nur die in der Krankengeschichte vermerkten Rauschgiftinjektionen des Angeklagten meinem Gutachten zugrunde lege, komme ich zu keinem anderen Schluß. Die Mengen, die Doktor Adams nach den Aufzeichnungen Mrs. Morrell verabfolgte, mußten ihren Tod herbeiführen!«

Verteidiger Lawrence konnte diesen Argumenten zunächst nichts entgegensetzen. Er beantragte eine Unterbrechung des Kreuzverhörs bis zum nächsten Tag, um Zeit für einen Gegenzug zu gewinnen. Niemand glaubte, daß es noch einen Ausweg gäbe. Deshalb stimmte Kronanwalt Buller der Vertagung zu.

Tags darauf servierte Verteidiger Lawrence den Geschworenen seine vierte und letzte Überraschung. Er beantragte die Vernehmung eines Obergutachters, was nach englischem Recht statthaft ist und vom Richter Devlin zugestanden wurde. Dr. John Harman, Chefarzt des angesehenen Londoner St.-Thomas-Krankenhauses, eine Kapazität, die Dr. Douthwaite an wissenschaftlichem Ansehen in nichts nachstand, wurde von Lawrence in den Zeugenstand gerufen.

»Von einer tödlichen Dosis Rauschgift zu sprechen, wie das Doktor Douthwaite hier tat, ist wissenschaftlich ein Unsinn«, ließ Dr. Harman die Geschworenen sofort aufhorchen. »Jeder Mensch reagiert verschieden. Zur Feststellung einer absolut tödlichen Dosis sind Menschenversuche notwendig, die natürlich niemals durchgeführt werden können. Also kann auch ein verantwortungsbewußter Arzt niemals sagen, diese oder jene Menge Rauschgift löste den Tod eines Menschen aus.«

Mit diesen wenigen Sätzen stempelte Dr. Harman das Gutachten seines renommierten Kollegen zu einem Fetzen Papier. Er machte ihn obendrein in aller Öffentlichkeit vollends unmöglich, als er mit ätzender Ironie hinzusetzte: »Im übrigen ist nach den Erkenntnissen der medizinischen Wissenschaft völlig ausgeschlossen, daß Mrs. Morrell an einer Überdosis Rauschgift verstorben ist. Wäre das der Fall gewesen, hätte eine Lähmung der Atmungsorgane den Tod ausgelöst, wofür kennzeichnend ist, daß der Atem des Sterbenden immer langsamer wird, von dreißig Atemzügen in der Minute auf zwanzig, fünfzehn, zehn sinkt und endlich ganz aufhört. Nach den Aufzeichnungen der Nachtschwester hatte sich aber der Atem der Sterbenden nicht verlangsamt, sondern auffallend beschleunigt und kurz vor Eintritt des Todes sechzig Atemzüge in der Minute erreicht.«

Mit diesem Gutachten war die Entscheidung im Sensationsprozeß Dr. Adams gefallen. Es war gleich, wie die Geschworenen die beiden Gutachten beurteilen mochten, sie konnten aber ihren Urteilsspruch, schuldig oder unschuldig, nicht auf Sachverständigengutachten aufbauen, die einander so widersprachen. Sie konnten nicht mit über jeden Zweifel erhabener Gewißheit sagen, wie es das Gesetz verlangt, daß Dr. John Bodkin Adams ein Witwenmörder und Erbschleicher ist.

Vierzig Minuten benötigten sie nur für die Findung ihres Urteils.

Der Zeiger der altertümlichen Uhr im Schwurgerichtssaal zeigte auf zwölf Uhr und eine Minute, als Richter Devlin sagte: »John Bodkin Adams, Sie sind frei!«

Der kleine, dickliche Mann, der die siebzehn Tage des Prozesses mit unbeweglichem Gesicht auf der Anklagebank gesessen hatte, zeigte auch jetzt keine äußere Regung. Bescheiden erhob er sich, machte eine knappe Verbeugung und sagte ohne jede Erregung in der Stimme: »Ich danke Ihnen, Mylord!« Dann ging er mit kurzen Schritten zu der Treppe, die in seine Zelle führte.

»Ich fühlte mich nie beunruhigt«, erklärte Adams eine Stunde später, als er entlassen war und ihn ein Reporter des »Daily Express« sprechen konnte, »wegen meines Glaubens an die Macht des Gebets, meines Glaubens an Gott und die englische Justiz. Das Urteil war ein Triumph der Gerechtigkeit über bösartige Gerüchte und Klatsch.« Er sprach diese Worte in jener angenehmen onkelhaften Tonart, die an so vielen Krankenbetten von Eastbourne unsagbar beruhigend gewirkt und ihm nach eigenem Eingeständnis »in den Testamenten von sechzehn zufrieden gestorbenen Patientinnen« einen hervorragenden Platz eingebracht hatte.

War seine Abgeklärtheit Ausdruck eines reinen Gewissens? War dieser kauzige Landarzt tatsächlich nur das Opfer der Sensationslust einiger skrupelloser Zeitungsreporter und eines übereifrigen, erfolgsüchtigen Kriminalinspektors geworden? Oder hatte sich hier ein teuflisch perfekter Verbrecher in die Gestalt eines leutseligen Provinzonkels verkrochen?

In den Jahren, die seit dem Prozeß vergangen sind, konnte diese Frage nicht beantwortet werden. Das »Verbrechen des Jahrhunderts« blieb also ungeklärt.

John Bodkin Adams zog sich in die Anonymität eines Rentierdaseins zurück. Er gab seine Arztpraxis auf und lebte fortan von seinem Vermögen. Einmal noch bemächtigten sich die Zeitungen, die ihn monatelang den größten Mörder der Kriminalgeschichte genannt hatten, seiner legendären Figur:

Im Sommer 1959 brachten sie ein Bild von ihm, auf dem er sich, Arm in Arm mit der irischen Millionärswitwe Iris Mills, auf der Hochzeitsreise zeigte. Offensichtlich hatte Adams aus dem Prozeß Lehren gezogen. Er beerbte seine Patientin nicht mehr, er heiratete sie.

Weniger glücklich war der Ausgang des Falles allerdings für Chefinspektor Herbert Hannam. Aus den erträumten Höhen, Chef von Scotland Yard, geadelt und von der Königin belobigt zu werden, stürzte er in die Tiefe eines unbedeutenden Provinzpolizistendaseins. Er wurde nach Halifax auf ein abgelegenes Polizeirevier versetzt. Die englische Polizeiführung konnte ihm nicht verzeihen, daß er den berühmten Scotland Yard so in Mißkredit gebracht hatte.

Mörder an Bord

»... SOS ... SOS ... morro castle... position... zwanzig meilen südlich. scotland light... feuer an bord... brauchen dringend hilfe ... SOS ... SOS ... SOS ...«

Dreimal jagte am Morgen des 8. September 1934 der internationale Seenotruf durch den Äther. Die Funker der nordamerikanischen Küstenstation Tuckerton, des Passagierdampfers »Monarch of Bermude« und des Frachters »Andrea S. Luckenbach« fingen ihn um drei Uhr einundzwanzig auf und fragten zur »Morro Castle« zurück, da sie Einzelheiten über das Ausmaß des Feuers zu erfahren wünschten. Aber kein weiteres Morsezeichen wurde von den Antennen eingefangen, nur die atmosphärischen Störungen ließen sich als Knistern in den Kopfhörern vernehmen. Der Sender des hilfesuchenden Schiffes mußte ausgefallen sein.

Zwei, drei Minuten vergingen, dann erst alarmierte die Küstenstation den Seerettungsdienst, dann erst nahmen die »Monarch of Bermude« und die »Andrea S. Luckenbach« Kurs auf den kleinen Punkt, den der Navigationsoffizier nach der angegebenen Positionsmeldung auf der Seekarte ausgerechnet und eingetragen hatte. Doch die Aussicht, Hilfe leisten zu können, schien gering. Seit zwanzig Stunden wütete über dem Atlantik ein Orkan, der die See zu haushohen Wellen aufwühlte. Wenn auch die Maschinen auf vollen Touren liefen, bremste der Sturm ihre Kraft und ließ die Schiffe nur einen Bruchteil ihrer Höchstgeschwindigkeit erreichen.

Die Rotationsläufer der Schiffsturbinen arbeiteten in rasendem Tempo, tausendmal schneller aber sandten Morsetelegrafen und Fernschreiber die Nachricht von der Schiffskatastrophe in die Welt hinaus. Noch hatten die Rettungsschiffe die »Morro Castle« nicht einmal gesichtet, da wußte ganz Amerika bereits, daß der größte, modernste und luxuriöseste Passagierdampfer der Staaten, dessen Länge 156 Meter betrug, der einen Tonnageraum von 11250 BRT besaß und für dessen Bau die Reederei fünf Millionen Dollar Baukosten gezahlt hatte, in Flammen stand und, nur wenige Seemeilen von der Küste entfernt, hilflos auf dem Atlantik trieb. Extraausgaben der Morgenzeitungen und Sondermeldungen der Rundfunkstationen lieferten Lesern und Hörern die Vision einer solchen Katastrophe bereits an den Frühstückstisch: 318 Passagiere vom Flammentod bedroht!

In den Leitartikeln der Zeitungen begann man die Schuldfrage zu erörtern: Wie konnte es geschehen, daß dieses moderne, mit allen erdenklichen Sicherheitsvorrichtungen ausgestattete Schiff in Flammen aufging? Warum wurde so spät und nur ein einziges Mal SOS gefunkt? Was ging an Bord der »Morro Castle« vor, daß es zu einer solchen Katastrophe kommen konnte?

Diese Fragen wurden schon zu einem Zeitpunkt gestellt, da von dem Unglück noch nicht mehr bekannt war als der aufgefangene Funkspruch des Luxusdampfers. Der schnell entfachte Sensationsrummel aber brachte Stoff für reißerische Schlagzeilen, pikante, gewürzte Berichte und spannende Sendungen.

Trotzdem reichten Phantasie, Vermutungen und

Spekulationen der Zeitungsschreiber nicht aus, um die wirkliche Ursache dieser größten Schiffskatastrophe seit dem Untergang der »Titanic« im Jahre 1912 zu ahnen.

Grau, trübe und wolkenverhangen war der Vormittag des 8. September 1934 an der Küste von New Jersey. Der Herbst hatte ungewöhnlich früh mit Stürmen von selten erlebter Stärke begonnen. In den Seebädern war die Saison schon in den letzten Augusttagen beendet worden. Hotels und Pensionen, elegante Restaurants und Bars schienen nahezu ausgestorben. Nur in dem 75 Meilen südlich von New York gelegenen Badeort Asbury Park im Staate New Jersey herrschte ein Gewimmel von Touristen, wie man es während des ganzen Sommers nicht gesehen hatte. In den Straßen drängten sich Autos mit New-Yorker Kennzeichen, die Gaststätten waren überfüllt, und auf der Strandpromenade schoben sich die Menschen zu Zehntausenden voran. Kopf an Kopf standen sie, mit Feldstechern oder Operngläsern starrten sie stundenlang hinaus auf die tobende See, obgleich die Brandung immer wieder über die Kaimauer schlug und Wasserfontänen über die Zuschauermenge ergoß. Allen Wetterunbilden zum Trotz harrten sie unverdrossen aus, um Augenzeugen der größten Schiffskatastrophe gewesen zu sein, die die amerikanische Flotte jemals betroffen hatte.

Insassen der Flugzeuge, die von den Zeitungskonzernen gechartert worden waren, hatten das brennende, qualmende Wrack zuerst auf dem tosenden Meer entdeckt. Wie Aasgeier umkreisten die Maschinen es, sie flogen im Tiefflug darüber hinweg, und die Reporter machten Aufnahmen für die nächsten Sonderausgaben. Auf dem Rückflug schrieben die Berichterstatter bereits ihre Exklusivberichte, mit denen sie den Lesern einen Eindruck von dem rotglühenden Stahlskelett und von dem verzweifelten Kampf der Mannschaften in den Rettungsbooten vermitteln wollten. Amerika erfuhr jede Einzelheit vom Untergang des stolzen Schiffes, das erst vierzehn Tage vorher mit dreihundertachtzehn der reichsten Amerikaner zur Jungfernfahrt nach den Bahamas ausgelaufen war. Von den Reportern erfuhren Leser und Hörer in New York, daß das ausgebrannte Wrack am späten Nachmittag in der Gegend von Asbury Park stranden würde.

Lange Autokarawanen bewegten sich wie die Pilger von Mekka auf das kleine, von Touristen schon verlassene Seebad zu. Wer nicht wußte, daß ein tragisches Unglück Anlaß für den gewaltigen Menschenauflauf war, konnte annehmen, in Asbury Park fände ein riesiges Volksfest statt.

Wie schiffahrtskundige Reporter angekündigt hatten, trieb das Wrack der »Morro Castle« tatsächlich bei Asbury Park an Land und kam unmittelbar vor der Kaimauer zu liegen.

Geradezu grotesk, was nun geschah: Der Bürgermeister von Asbury Park erschien mit einer Abteilung der Ortspolizei, um das noch immer rauchende Stahlskelett für sein Städtchen zu beschlagnahmen. Zu diesem Zweck ließ er an der Treppe zur Kaimauer, über die der einzige Weg zum Schiffswrack führte, ein Schild errichten, das weithin sichtbar verkündete:

»Dieser Schiffsrumpf ist Strandgut. Er wurde am 8. September 1934 in Besitz genommen vom Bürgermeister des Seebades Asbury Park, zu Nutz und Frommen der Gemeinde Asbury. Betreten ist nur mit Genehmigung des Bürgermeisters und nach Entrichtung einer Gebühr von fünf Dollar statthaft.«

Diese kleine Amtshandlung war weder das einzige noch das schlechteste Geschäft, das pfiffige und skrupellose Unternehmer mit dem Unglücksdampfer machten. Über zwei Jahre blieb das Wrack an der Kaimauer von Asbury Park liegen und lockte die Touristen zu Tausenden in das vordem längst nicht so gutbesuchte Familienbad.

Zunächst dauerte es seine Zeit, bis Touristen für fünf Dollar Eintrittsgeld die Erlaubnis erhielten, das Wrack zu besichtigen. Zuvor tauchte eine Kommission des Seeamtes auf, um in dem Wrack nach Spuren der Brandentstehung zu suchen. Die drei Männer stellten jedoch ihr Vorhaben sehr schnell wieder ein. Im Schiffsrumpf lag dichter Qualm, die eisernen Bodenplatten der Gänge und Treppen waren glühend heiß, so daß es einem Selbstmord gleichgekommen wäre, zu diesem Zeitpunkt Untersuchungen anzustellen.

Nicht anders erging es den Agenten einiger Versicherungsgesellschaften, die für den entstandenen Schaden einzustehen hatten. Die reichsten Leute Amerikas hatten an der Jungfernreise der »Morro Castle« teilgenommen. Die Gesellschaften rechneten bereits im voraus damit, daß sich die Schadenersatzansprüche auf riesige Summen belaufen würden. Allein der Schmuck, den die Ladys der High Society mit auf die Reise genommen hatten, um würdig auftreten zu können, repräsentierte Millionensummen. Brillanten konnten jedoch nicht verbrannt, Gold und Platin allenfalls geschmolzen, aber nicht zu Schutt und Asche geworden sein. Die Versicherungsgesellschaften rechneten damit, daß sich in den Wandsafes der Luxuskabinen noch erhebliche Werte befanden, die man durch Agenten sicherzustellen hoffte. Aber auch die Beauftragten der Gesellschaften mußten schnell wieder kehrtmachen. Selbst die Schar der vor nichts zurückschreckenden Zeitungsreporter, die mehr als einmal Kopf und Kragen für einen sensationellen Schnappschuß riskiert hatten, resignierte hier.

Dennoch betrat noch in den Abendstunden dieses 8. September 1934 ein Mensch das völlig verqualmte Wrack der »Morro Castle«. Er wurde von niemandem erkannt, denn er trug einen Asbestanzug und eine Sauerstoffmaske über dem Kopf. Fast eine Stunde weilte er im Wrack, dann erschien er wieder auf dem Fallreep, stapfte die Kaimauer hinunter und verschwand in der Menge so plötzlich, wie er aufgetaucht war.

Die Zeitungen brachten am nächsten Tag Bilder von ihm, doch keine Aufklärung, wer hinter der Sauerstoffmaske verborgen war und was die betreffende Person in dem Wrack gesucht oder getan hatte.

Man vermutete, daß es sich um einen einfallsreichen FBI- oder Versicherungsagenten, allenfalls um einen pfiffigen Reporter, der seinen Kollegen zuvorkommen wollte, gehandelt habe.

Der 9. September 1934 brachte eine neue, grausige Überraschung. Die Leichen von zwei Angehörigen des Schiffspersonals wurden an den Strand von Asbury Park gespült: ein junger Mann in der Uniform des einfachen Matrosen und ein älterer in der weißen Litewka des Offiziers. Zur Identifizierung wurden die Toten in die Leichenhalle des Friedhofes getragen und dort ärztlich untersucht. Es ließ sich einwandfrei feststellen, daß der Offizier ertrunken war. Der Matrose aber war erschossen worden. An seinem Hinterkopf fanden sich die Einschußstellen von zwei Revolverkugeln, die seinem Leben ein Ende gesetzt hatten, ehe er von Bord der »Morro Castle« geschafft worden war.

Die nachfolgende Obduktion förderte die beiden Kugeln zutage. Als die Uniform des Offiziers nach Papieren durchsucht wurde, fand sich in der rechten Hosentasche ein Revolver, der das gleiche Kaliber besaß wie die Kugeln aus dem Kopf des erschossenen Matrosen. Im Magazin fehlten zwei Geschosse.

Die Polizei von Asbury sah es nicht als ihre Aufgabe an, die Entstehung des Brandes auf der »Morro Castle« zu untersuchen. Dafür war zunächst einmal das Seeamt in New York zuständig. In Asbury Park fragten also die Polizeistellen nicht nach der Ursache des Unglücks, und sie verkniffen sich jede kriminalistische Schlußfolgerung. Man fertigte lediglich ein Protokoll über die durchgeführten Untersuchungen an, heftete dieses in einen Aktendeckel und schickte es an das Seeamt in New York. Das Seeamt bekam in diesen Tagen ganze Stöße solcher Protokolle von Untersuchungen, Vernehmungen und Ermittlungen, die im Zusammenhang mit der Schiffskatastrophe durchgeführt wurden. Es erwies sich als unmöglich, sie alle sofort auszuwerten. Deshalb wanderte das Protokoll aus Asbury Park zunächst in einen Aktenständer, von niemandem gelesen und beachtet.

In den ersten Stunden und Tagen nach der Katastrophe war es die wichtigste Aufgabe des Seeamtes, die angeschwemmten Leichen zu identifizieren und die Passagiere und Mannschaften der »Morro Castle« zu sammeln und zu registrieren, die von anderen Schiffen gerettet wurden oder mit Booten an die Küste gelangt waren. Das Ergebnis machte das Ausmaß der Katastrophe deutlich: Von den 318 Passagieren waren 134 Personen, überwiegend Frauen und Kinder, umgekommen. Die Verluste unter der Schiffsbesatzung waren nicht annähernd so hoch. Von den 108 Offizieren und Matrosen starben nur sechs den Seemannstod. Alle anderen waren rechtzeitig von Bord gegangen und hatten es verstanden, sich in den wenigen unbeschädigt zu Wasser gelassenen Rettungsbooten einen Platz zu sichern.

Folgender Vorfall ist ein Beispiel für die skandalösen Zustände an Bord während der Katastrophe: Das einzige mit einem Motor ausgerüstete Rettungsboot der »Morro Castle«, in dem mindestens fünfzig Menschen Platz gefunden hätten, erreichte mit nur sechs Personen die rettende Küste. Es war besetzt von dem Chefingenieur der »Morro Castle«, Abbott, von dem mexikanischen Zinnmillionär Dorrez, seiner Frau und seiner Tochter sowie von zwei Matrosen, die zur Bedienung des Bootes notwendig waren. Überlebende

Passagiere erzählten, daß Schiffbrüchige, die versucht hatten, sich an die Bordkanten zu klammern, von Abbott mit einem Enterhaken in die See zurückgestoßen worden waren. Das Boot erreichte die Küste um sieben Uhr morgens an einer Stelle, die etwa eine halbe Meile nördlich von Asbury Park entfernt liegt. Es landete keine vier Stunden nach dem letzten SOS-Ruf der »Morro Castle«. Augenzeugen berichteten, daß Chefingenieur Abbott in der weißen Galauniform an Land stieg, die er am Abend vorher auf dem großen Abschiedsball im Festsaal der »Morro Castle« getragen hatte.

»Er machte den Eindruck, als käme er von einer Flottenparade und nicht von einem brennenden Schiff«, sagten später Personen aus, die die Landung des Bootes beobachtet hatten.

Es gingen dann auch bald Gerüchte um, die besagten, daß auf der »Morro Castle« Dinge vorgegangen seien, die im Interesse der Reederei vertuscht werden sollten. Zwar wurden vom Seeamt in New York noch am selben Tage Untersuchungen über die Ursache der Katastrophe eingeleitet, doch die Einzelheiten der Ermittlungen hütete man wie ein Staatsgeheimnis. Die Presse erhielt keine Informationen. Bundespolizei und Staatsanwaltschaft hielten sich auffällig zurück. In einer kurzen Verlautbarung teilten sie nur mit, daß kein Anlaß bestehe, in die Untersuchungen des Seeamtes einzugreifen.

Erst am zwölften September, vier Tage nach dem Unglück, betraten zwei Agenten einer Versicherungsgesellschaft das gestrandete Wrack der »Morro Castle«. Sie hatten den Auftrag, nach dem kostbaren Brillantschmuck der dreiundsiebzigjährigen Multimillionärin Kathleen Morrison, die bei dem Unglück ihr Leben lassen mußte, zu forschen. Der Schmuck war mit zweieinhalb Millionen Dollar versichert worden. Die exaltierte Millionärin hatte auf der Vergnügungsreise nicht auf ihre Brillanten verzichten wollen. Ihre Verwandten wußten nach Bekanntwerden des Todes der Erbtante nichts Eiligeres zu tun, als die Auszahlung der Versicherungssumme zu fordern.

Mit einem Schneidbrenner arbeiteten sich die beiden Agenten durch das Gewirr der ausgeglühten oder verkohlten Schiffseinrichtung zum Unterdeck vor, in dem das von Kathleen Morrison während der Reise bewohnte Appartement lag.

Die Tür zum kleinen Salon stand offen und pendelte gespenstisch hin und her, wenn sich das Schiffswrack im Rhythmus der Brandung hob und senkte.

Im Innern der beiden Kabinenräume fanden die Agenten nur noch kahle, verrußte Eisenwände vor. Die kostbare Rosenholztäfelung, die Polstermöbel sowie die sonstigen Einrichtungsgegenstände waren bis auf die Metallteile zu schmutziggrauer Asche verbrannt.

Neben dem Salon lag das Schlafzimmer. Auch hier bot sich das gleiche Bild: nackte, schwarzverfärbte Wände, Bullaugen ohne Scheiben und auf dem Fußboden Schutt, Asche und verbogene Metallgestänge irgendwelcher Möbel. An der Decke schaukelte sanft das Metallgestell der ehemaligen Schlafzimmerlampe hin und her. Quer zur Rückwand lagen akkurat ausgerichtet die Spiralfedern der einstmaligen Bettmatratze. Die meisten Federn waren zusammengeschmolzen, einige wenige lagen aber noch fast unversehrt auf dem eisernen Fußboden. Ringsherum häufte sich der Schutt des hölzernen Bettgestells, und die Reste der Bettumrandung muteten wie ein Staubteppich an.

Der Safe, in die doppelte Außenwand des Schiffsrumpfes zwischen zwei Bullaugen eingeschweißt, schien unversehrt. Erst als die Agenten herantraten, um ihn mit dem Schweißbrenner zu öffnen, entdeckten sie, daß die Tür nicht verschlossen war und sich mit einem Handgriff leicht öffnen ließ.

Der Safe war leer. Nicht einmal Aschereste irgendwelcher brennbaren Gegenstände, geschweige denn Brillanten, Smaragde oder Rubine fanden sich.

Es bedurfte keines besonderen kriminalistischen Scharfsinns, um zu folgern, daß der Safeinhalt nicht vom Feuer vernichtet, sondern von Menschenhand entnommen worden war. Zum Öffnen des Safes hatte die betreffende Person einen Schlüssel benutzt, denn die beiden starken Sperriegel waren aufgeschlossen worden. Es fanden sich auch an der Tür keinerlei Spuren von gewaltsamer Öffnung.

Hatte die Bewohnerin der Kabine den Schmuck aus dem Safe genommen, als das Feuer ausbrach? Waren Ringe, Ketten und Agraffen von der Millionärin mit an Deck genommen worden und – gleich ihr – im Meer versunken? Ein paar Augenblicke glaubten die beiden Agenten daran, dann belehrte sie eine grausige Entdeckung, daß der mit zweieinhalb Millionen Dollar versicherte Schmuck gestohlen worden war.

Zwischen den Spiralfedern der Bettmatratze, denen die Agenten vorher nur einen flüchtigen Blick geschenkt hatten, weil ihr einziges Interesse dem Safe gegolten hatte, lagen – nur oberflächlich von Aschestaub bedeckt – Knochenreste eines nicht vollständig verbrannten menschlichen Skeletts, darüber auch die Metallteile einer Zahnprothese. Mit Hilfe dieser Zahnprothese konnten die Skelettreste später identifiziert werden.

Die Multimillionärin Kathleen Morrison war nicht, wie zunächst angenommen wurde, im Meer ertrunken, sondern in ihrer Luxuskabine verbrannt. Genauer gesagt, ihre Leiche war im Bett verbrannt, denn wäre Kathleen Morrison bei Ausbruch des Feuers noch am Leben gewesen, hätte sie keinesfalls in ihrer unmittelbar unter dem Oberdeck gelegenen Kabine umkommen können. Jede Schiffskabine besaß eine automatisch funktionierende Feuerwarnanlage. Außerdem mußte es Stunden gedauert haben, bis das

Feuer sich im Schiff ausgebreitet und auch die Luxuskabinen erreicht hatte. Es blieb also Zeit genug für die Lady, um das rettende Oberdeck zu erreichen.

War die Multimillionärin Kathleen Morrison vor dem Brand ermordet worden, damit der Mörder ungestört ihren Schmuck rauben konnte? Hatte die Multimillionärin den Dieb beim Ausräumen des Safes überrascht und deshalb ihr Leben lassen müssen?

Die Versicherungsagenten fanden auf diese Fragen noch keine Antwort, aber eine andere, entsetzliche Vermutung wurde in diesem Moment in ihnen übermächtig:

War die »Morro Castle« lediglich in Brand geraten, um die Spuren eines Raubmordes zu tilgen? Hatte der Mörder das Feuer gelegt und damit weitere 139 Menschen umgebracht, um späteren Verfolgungen entgehen zu können?

An diesem 12. September des Jahres 1934, fast zur gleichen Stunde, da die beiden Versicherungsagenten das Wrack der ausgebrannten »Morro Castle« am Kai des Seebades Asbury Park betraten, setzte sich in New York das Gericht des amerikanischen Seeamtes zusammen, um in öffentlicher Verhandlung die Ursachen der Schiffskatastrophe zu untersuchen. Es war kein Gericht im üblichen Sinne, vor dem Schuldige angeklagt und verurteilt werden können, sondern eine aus vier hohen Schiffsoffizieren bestehende Untersuchungskommission, die zunächst einmal feststellen sollte, ob das Unglück die Folge höherer, unbeeinflußbarer Gewalt gewesen sei oder ob menschliches Versagen die Katastrophe ausgelöst habe. Erst wenn diese Frage geklärt und von den Fachleuten bejaht war, durften die offiziellen Polizei- und Justizorgane des Landes ein Strafverfahren gegen die Beschuldigten einleiten.

Vier behäbige, weißhaarige Herren in blauen, goldbestickten Kapitänsuniformen saßen in dem kleinen Saal des New-Yorker Seeamtes an einem langen Holztisch, auf dem nur Akten, Notizblöcke und Seekarten lagen. Das Sternenbanner und das Bild Abraham Lincolns bildeten den einzigen Schmuck an den holzgetäfelten Wänden.

Etwa zwanzig Zuhörer hockten auf harten, ungepolsterten Stühlen und sahen erwartungsvoll auf eine kleine Tür in der Holztäfelung, durch die der erste und wichtigste Zeuge der Untersuchung, der Kapitän der »Morro Castle«, zu erscheinen hatte.

Ein großer, hagerer Mann, der durch seine Adlernase besonders auffiel, betrat schließlich mit schleppenden Schritten den Saal. Im Zuhörerraum kam enttäuschtes Murmeln auf. Ganz Amerika hatte in diesen Tagen Hunderte Male das Bild des Kapitäns der »Morro Castle« in den Zeitungen gesehen, und die Zuhörer erwarteten nun, ein kantiges, breitflächiges Gesicht zu sehen, das durch die Härte eines dreißigjährigen Lebens auf See gezeichnet war.

Der Mann aber, der jetzt ängstlich und sich immer wieder scheu umsehend vor den Tisch der vier Kapitäne trat, wies nicht die Spur einer Ähnlichkeit mit diesen Bildern auf. Er sah unbedeutend aus und wirkte wenig sympathisch. Man vermutete in ihm keinen Kapitän. Er hieß auch nicht Wilmott, wie es immer unter den Bildern des Kapitäns in der Zeitung gestanden hatte, sondern William Warms.

Dennoch stimmte es: Dieser hagere Mann mit der Hakennase war der letzte Kapitän der »Morro Castle« gewesen! Der Mann, dessen Bild alle Zeitungen brachten und der Wilmott hieß, befehligte die »Morro Castle« nur bis zu dem Zeitpunkt, da auf dem Schiff der Brand ausbrach. Ja, Warms behauptete sogar, daß Wilmott die Führung bereits einige Stunden vor Ausbruch des Feuers abgeben mußte.

Am Abend des 7. September 1934, gegen einundzwanzig Uhr, als sich die »Morro Castle« noch hundert Seemeilen von New York entfernt befand und die meisten der 318 Fahrgäste im großen Festsaal des

Schiffes zum großen Abschiedsball versammelt waren, hatte der Schiffsarzt Dr. de Witt den Kapitän tot in seiner Kajüte aufgefunden. Er lag im Badezimmer der Kajüte, mit dem Oberkörper über den Rand der Badewanne gebeugt. Seine Knie berührten den gekachelten Fußboden, seine Hand hatte sich um den verchromten Wasserhahn der Badewanne verkrampft. Augen und Mund waren weit aufgerissen.

Der erfahrene Arzt sah sofort, daß Wilmott keines natürlichen Todes gestorben war. Alle Anzeichen sprachen dafür, daß er an den Folgen eines schnell wirkenden Giftes zugrundegegangen war.

Es herrschte atemlose Stille im Verhandlungssaal, als William Warms dies alles mit knappen, halblaut gesprochenen Worten vor dem Seegericht erzählte. Erst als er eine kurze Pause machte und nach einem Glas Mineralwasser griff, machte sich die angestaute Spannung durch Husten und Murmeln Luft.

Schon die ersten Minuten der Seegerichtsverhandlung hatten eine neue, doch keineswegs die letzte Sensation dieses Falles gebracht.

Als Warms sein Glas auf den Tisch zurückstellte, herrschte augenblicklich wieder Ruhe. Niemand wollte auch nur ein Wort von dem überhören, was der Mann, der jetzt seine Offiziersuniform mit einem hellen Zivilanzug vertauscht hatte, über die weiteren Ereignisse zu Protokoll gab.

Doch zunächst stellte einer der uniformierten Männer Fragen an ihn –, Fragen, die die Seegerichtsverhandlung bald zu einem Verhör des Angeklagten machten.

»Mister Warms, zu der Zeit, als sich das alles abspielte, waren Sie nur Erster Offizier des Schiffes, nicht wahr?«

Warms nickte nur flüchtig und wollte weitererzählen. Doch der Frager unterbrach ihn erneut: »Wo waren Sie, als Kapitän Wilmott sich in der Kabine aufhielt?«

»Auf der Brücke. Ich war Erster Offizier und machte natürlich Brückendienst, wenn der Kapitän in seiner Kajüte war«, antwortete Warms, und seine Worte klangen ungehalten, als wollte er sagen: Unterbrechen Sie mich doch nicht fortwährend!

Trotzdem wurde er wieder aufgehalten, seinen vorbereiteten Bericht zu erzählen.

»So natürlich ist das gar nicht, Mister Warms. Brückendienst haben ja nicht nur der Kapitän und der Erste Offizier, sondern auch der Zweite und der Dritte. Sonst müßten Sie ja täglich zwölf Stunden Brückendienst tun, stimmt das etwa nicht?«

Warms mußte das widerwillig einräumen. »Ja, das schon, aber als Doktor de Witt den Kapitän fand, war ich auf der Brücke, und die ganze Stunde davor auch.«

»Gibt es Zeugen dafür?«

»Ja, natürlich, der Rudergänger, der Zweite, der Funker und noch ein paar Mann der Besatzung müssen mich ja gesehen haben!«

»Glauben Sie wirklich, daß sich die Leute nach den tumultuarischen Ereignissen, die dann folgten, heute noch daran erinnern können? Wer soll denn jetzt noch wissen, ob Sie nun von acht bis neun oder nur von einhalb neun bis neun Uhr auf der Brücke standen?«

Warms zuckte hilflos mit den Schultern und sagte verzweifelt: »Ich weiß es nicht, aber wozu ist das auch wichtig? Bis zu dieser Zeit war ja noch nichts passiert.«

»Sie vergessen, daß Sie uns eben erzählt haben, Kapitän Wilmott sei um neun Uhr vergiftet aufgefunden worden. Es hat nicht jeder auf dem Schiff die Möglichkeit, den Kapitän zu vergiften! Da ist es doch sehr wichtig zu wissen, wo sich die Männer, die unmittelbar und ständig mit dem Kapitän in Berührung kommen, aufgehalten haben und ob sie ein Alibi besitzen!«

Diese unverhüllte Drohung nahm Warms ohne jede erkennbare Regung hin. »Bei mir wird sich das wohl leicht feststellen lassen. Als Doktor de Witt den Kapitän fand, rief ...«

Der Frager unterbrach ihn erneut: »Warms, wie lange sind Sie eigentlich unter Wilmott gefahren?«

»Seit zwanzig Jahren.«

»Und immer als Erster?«

»Ja, ganz zu Anfang war ich noch ein paar Reisen Zweiter, dann immer Erster.«

»Hatte das die Reederei so eingeteilt?«

»Wilmott hatte es gefordert. Ein Kapitän kann fordern, mit welchem Ersten er fahren möchte. Wilmott war mit mir sehr zufrieden.«

Die nächste Frage kam dann erst nach einer Pause, so, als wollte der Fragesteller damit ihre besondere Bedeutung unterstreichen.

»Dann wären Sie also, solange Kapitän Wilmott lebte, nie selbst Kapitän geworden, nicht wahr, Mister Warms? Er brauchte Sie ja stets als Ersten!«

Warms wurde kreideweiß im Gesicht, suchte nach Worten, sagte dann nur: »Das ist ja wohl immer so im Berufsleben, daß man warten muß, bis ein Platz frei wird.«

Als warte er noch auf andere derartige Fragen, sah Warms die Männer des Seegerichts abwartend an, bevor er endlich fortfuhr: »Also, ich sagte ja schon, Doktor de Witts Anruf erreichte mich auf der Brücke. Ich gab das Kommando an den Zweiten ab und ging dann sofort in die Kapitänskajüte ...«

Ohne unterbrochen zu werden, konnte Warms nun endlich einen zusammenhängenden Bericht von den weiteren Ereignissen auf der »Morro Castle« geben:

Die Kapitänswohnräume lagen ein Deck tiefer als die Kommandobrücke, etwa in Höhe des ersten Schornsteines. Als Warms dort eintraf, befand sich außer dem Arzt Dr. de Witt auch der Chefingenieur Harry Abbott in der Kabine. Er trug eine weiße Galauniform, war also offensichtlich schon für den Abschiedsball angezogen.

»Ich bin zufällig vorbeigekommen. Ich war auf dem Weg zum Ballsaal und habe die Tür offenstehen sehen«, erklärte er Warms seine Anwesenheit.

Dr. de Witt kniete noch neben dem Kapitän, erhob sich aber, als Warms das Badezimmer betrat.

»Er ist tot«, sagte er leise, »ich bin zu spät gekommen.«

Dann ging er zum Bullauge, sah hinaus und setzte mit unterdrückter Erregung hinzu: »Aber ein anständiger Seemannstod war das bestimmt nicht, darauf wette ich. Weiß der Teufel, was dahintersteckt.«

Warms und Abbott schwiegen. Dann drehte sich der Arzt wieder um und winkte Warms heran.

»Kommen Sie, schaffen wir ihn nach nebenan, aufs Bett. Die Leiche muß morgen, wenn wir in New York ankommen, sofort obduziert werden. Hier an Bord kann ich das nicht machen, und ich darf es auch nicht. Die Polizei muß das erledigen.«

Während er sprach, drehte de Witt den Toten auf den Rücken und packte ihn unter den Schultern. Warms nahm wortlos seine Beine. Sie hatten Mühe, den massigen Körper des toten Kapitäns in das Nebenzimmer zu tragen und dort auf das Bett zu legen.

Chefingenieur Abbott lehnte neben dem Heißwasserspeicher des Badezimmers und sah dem Transport mit starren, leblosen Augen zu. Erst als er nebenan den Schiffsarzt wieder reden hörte, verließ er das Badezimmer.

»Hier, nehmen Sie die Kabinenschlüssel an sich«, sagte der Arzt zu Warms und reichte ihm das kleine Schlüsselbund, das er aus der Hosentasche des Toten genommen hatte.

»Und verschließen Sie die Kabine gut. Sie darf von niemand betreten werden, ehe nicht die Polizei hier war.«

Warms zögerte, die Schlüssel zu nehmen. »Wäre es nicht besser, wenn Sie als Arzt ... Sie haben ihn ja schließlich auch gefunden ...«

Der Arzt deckte ein Leinenlaken, das er aus einem Stapel Bettzeug gezogen hatte, über den Leichnam. Dabei sagte er: »Nein, das geht nicht. Als Erster Offizier sind Sie jetzt Kapitän. Sie haben auch die Polizeigewalt an Bord. Nehmen Sie die Schlüssel, und tun Sie, was ich Ihnen rate. Sonst haben Sie nachher nur Unannehmlichkeiten.«

Warms nahm darauf das Schlüsselbund an sich, suchte den Schlüssel der Kabine heraus und ging zur Tür. Abbott stand im Durchgang zum Badezimmer. Er machte jetzt dem Schiffsarzt Platz, der ins Badezimmer zurückgehen wollte, um sich die Hände zu waschen.

Unvermittelt und so überraschend, daß de Witt neben ihm stehenblieb, sagte Abbott plötzlich: »Ich glaube, er hat es geahnt ...«

»Was?« fragte de Witt verständnislos.

»Na, daß irgend etwas passieren würde. Ich habe ihn vor zwei Stunden noch gesprochen, als er aus der Funkzentrale kam. Er war wie geistesabwesend und murmelte etwas von einem bösen Ende vor sich hin. Er war überhaupt ganz verändert und hat mich kaum beachtet.«

Warms war wieder von der Kabinentür zurückgekommen. »Er wird sich Sorgen gemacht haben wegen der Sturmwarnung, die gekommen war. Er wird sie in der Zentrale gelesen haben ...«

Abbott schüttelte den Kopf. »Nein, ausgeschlossen! Die Sturmwarnung ist viel später gekommen. Rogers hat mich gleich danach angerufen. Das ist noch keine Stunde her.«

Als sei ihm plötzlich ein Gedanke gekommen, ging Dr. de Witt noch einmal an das Bett des Kapitäns zurück, nahm das Laken hoch und begann die Kleidung des Toten aufzuknöpfen. Dann betrachtete er sorgfältig die entblößten Körperteile des Leichnams. Es sah aus, als suche er nach Spuren irgendwelcher Verletzungen.

Noch während er mit der Untersuchung beschäftigt war, sagte er zu Abbott: »Vor zwei Stunden soll er noch in der Funkzentrale gewesen sein? Ist doch ausgeschlossen. Die ersten Leichenflecke sind ja schon zu sehen. Er muß mindestens drei Stunden tot sein ...«

Abbott zuckte nur kurz mit den Schultern. »Sollte ich mich so getäuscht haben? Ich war um sieben Uhr in der Funkerkabine. Und es war doch der Alte, der mir begegnete ...«

Der Arzt hatte seine Leichenschau beendet und breitete schon wieder das Laken aus. »Na, da soll sich die Polizei den Kopf zerbrechen, ist nicht unsere Sache ...« Damit verschwand er im Badezimmer.

Minuten später verließen die drei die Kapitänskajüte. Sorgsam verschloß Warms die Tür und steckte dann die Schlüssel in die Außentasche seines Uniformrockes. Der Gang und die Treppe der Kommandobrücke waren leer, die Fahrgäste amüsierten sich längst im Ballsaal.

Als Dr. de Witt von fern die Klänge der Tanzkapelle hörte, sagte er: »Sie werden dort unten bald nach dem Kapitän fragen. Man wird ihn sicherlich schon vermissen. Was wollen Sie den Leuten erzählen? Sie können doch nicht sagen, was passiert ist, Warms?«

Warms blieb stehen und lauschte. Von der Treppe her war jetzt das Heulen des aufkommenden Sturmes zu hören. Das Schiff lief nicht mehr so ruhig wie zuvor.

»Der Sturm, es wird bald losgehen«, sagte Warms und ging auf die Treppe zu. Dann erst antwortete er dem Arzt. »Nein, natürlich nicht, Doktor. Aber ich werde den Ball absagen. Die Sturmwarnung rechtfertigt das. Dann fällt es auch nicht auf, daß der Kapitän fehlt.«

Der Chefingenieur stimmte sofort zu. »Gut, ich geh dann gleich in den Ballsaal und werde sagen, der Kapitän hat auf der Brücke zu tun! Lassen wir den Leuten noch eine Stunde ihren Spaß, dann fällt es nachher am wenigsten auf. Das Wetter ist ja im Moment noch nicht so schlimm.«

Ohne eine Antwort abzuwarten, machte Abbott auf der Stelle kehrt und ging den Kabinengang zurück. Dr. de Witt sah ihm kopfschüttelnd nach.

»Das ist doch ein Hallodri. Er will sich nur noch 'ne Stunde amüsieren, ich kenne ihn genau. Der Alte hat ihn heute morgen erst zusammengestaucht, weil er die Nacht wieder in einer Passagierkabine verbracht hat. Funker Rogers hat ihn auf dem Kabinengang gesehen. Die Weiber sind noch mal sein Untergang. Jetzt, da er weiß, daß der Alte ihn nicht mehr erwischen kann, wird er sich gleich noch etwas für die Nacht angeln wollen.«

Warms ging auf die Anspielung des Arztes nicht weiter ein. Er kletterte vor ihm die steile Treppe hinauf und blieb erst stehen, als er die Tür der Kommandobrücke erreicht hatte. Der Schiffsarzt stieg keuchend hinter ihm her.

Ein paar Augenblicke standen beide, ohne ein Wort zu sprechen, nebeneinander. Dr. de Witt rang nach Luft, Warms sah durch die Fensterfront der Kommandobrücke auf das Vorschiff hinaus.

Es war beinahe Nacht geworden. Der Sturm hatte an Stärke zugenommen, und heulend fegte er um die Decksaufbauten, zerrte an den Wanten der Ladebäume und der Rettungsboote. Die Bugspitze tauchte tief in das gischtige Meer, und immer häufiger klatschten Sturzseen über die Reling, überschwemmten das Vorschiff mit Wasser.

»Wird 'n schönen Tanz geben, heute nacht«, sagte schließlich der wieder zu Atem gekommene Schiffsarzt. »Sieht ja aus wie ein Hurrikan, so plötzlich fängt das an zu blasen.«

»Ist auch einer, Doktor. Die Küstenstationen haben Hurrikanwarnung gegeben. Ich wollte nur nicht voreilig die Pferde scheu machen.«

Warms hatte sich wieder dem Arzt zugewendet. Der

sah ihn prüfend an, und in seinen Augen lag die Frage: Hast du Angst davor, jetzt, als Kapitän? Eine Antwort erhielt er nicht. Warms kam wieder auf den Tod des Kapitäns zurück.

»Sagen Sie, Doktor, wenn Wilmott an Gift gestorben ist, wird er sich doch wohl kaum selbst vergiftet haben. Ich wüßte jedenfalls nicht, warum er das getan haben soll.«

»Hat er auch nicht. Dazu hing der Alte viel zu sehr am Leben. Nein, das hat er bestimmt nicht getan, Warms.«

»Wer dann aber? Haben Sie sich darüber schon mal den Kopf zerbrochen, Doktor?«

»Ich bin Arzt und nicht Polizist. Was nützt es auch, wenn wir daran herumknobeln!«

Als wollte Warms den Arzt zwingen, seine Meinung zu sagen, wer Wilmott vergiftet haben könnte, drängte er: »Aber es kommt doch eigentlich nur ein ganz begrenzter Kreis in Frage. Wer hatte denn schon Zutritt zu seiner Kabine, wer hatte überhaupt die Möglichkeit, ihm Gift beizubringen?«

»Die Person, die mit ihm heute abend in seiner Kabine Whisky getrunken hat, Warms. Es standen zwei Gläser auf dem Tisch. In einem fanden sich noch Pulverreste. Ich habe die Gläser auf alle Fälle sichergestellt und werde sie morgen der Polizei übergeben. Vielleicht kann die Polizei sehr schnell feststellen, wer mit Wilmott getrunken hat. Anhand der Fingerabdrücke auf den Gläsern.«

Warms packte den Arzt mit beiden Händen bei den Schultern. »Fingerabdrücke waren auf dem Glas? Doktor, das wäre ja das wichtigste Beweisstück. Haben Sie die Gläser auch gut verwahrt, daß sie niemand in die Hände fallen können?«

»Ich habe sie in Gegenwart Abbotts in den Schreibtisch des Kapitäns eingeschlossen.«

»Abbott war dabei?«

»Ja, er war zufällig an der Kabine vorbeigekommen,

ehe Sie herunterkamen. Ich bin eigentlich ganz froh darüber, einen Zeugen zu haben. Jetzt sind ja auch meine Abdrücke auf den Gläsern. Abbott kann nun bezeugen, wie und wann sie daraufgekommen sind. Sonst würde ich vielleicht noch in Verdacht geraten.«

Der Doktor lächelte jetzt ein wenig. Warms nahm die Hände von den Schultern, steckte sie in die Taschen seiner Uniform und sah wieder durch die Scheibenfront auf das wildtosende Meer hinaus. Wenn es Tag gewesen wäre und klares Wetter, hätte er mit dem Glas schon den Ambrosekanal erkennen können, die Hafeneinfahrt von New York. Aber es war eine stockdunkle, unheildrohende Sturmnacht! Die Sicht reichte kaum über die Bugspitze hinaus, und die Hafeneinfahrt von New York war für die »Morro Castle« in unerreichbare Ferne gerückt.

Zweiundzwanzig Uhr fünfzig Bordzeit. Der Hurrikan hatte die »Morro Castle« mit seiner ganzen Gewalt erfaßt. Die Decksaufbauten wurden wie Papprequisiten aus der Verankerung gerissen und von den Brechern über Bord gespült. Ein fünfzehn Meter hoher Ladebaum, der von vier armdicken Wanten gehalten wurde, knickte wie ein Streichholz und zerschlug im Umfallen ein Rettungsboot.

Der Abschiedsball im Festsaal hatte ein Ende gefunden, noch ehe Warms ihn beenden wollte. Die Passagiere lagen in den Betten, von Übelkeit und Angst gepeinigt. Über die Bordlautsprecher ließ Warms immer wieder beruhigende Meldungen geben: »Keine Gefahr für die ‚Morro Castle'. Das Schiff ist auch dem schlimmsten Orkan gewachsen.« Von der Kommandobrücke gab der Maschinentelegraf unablässig Befehle, die Geschwindigkeit zu erhöhen. Der Kurs mußte ständig geändert werden, damit das Schiff gegen den Hurrikan angehen konnte und nicht breitseits von ihm erfaßt wurde.

Dreiundzwanzig Uhr zehn Bordzeit. Die »Morro Castle« befand sich vierzig Seemeilen südlich vom

Feuerschiff Scotland Light, die Maschinen machten noch immer volle Fahrt, und der Hurrikan tobte mit unverminderter Kraft.

Die Tür zur Kommandobrücke wurde aufgerissen. Im Ölzeug stand einer der ständig auf Kontrollgang eingesetzten Wachgänger in der Türöffnung. Hinter ihm heulte der Sturm und warf die Tür krachend zu. Der Wachgänger trat an Warms heran und brüllte ihm ins Ohr: »Kapitän, es ist Rauch im Schiff!«

Warms verstand ihn nicht gleich. »Rauch? Was für ein Rauch? Wo?«

Der Wachgänger nahm die Hände wie einen Trichter an den Mund. »Auf Backbord, Sir, am Schornsteinaufbau, aus dem kleinen Ventilator!« schrie er.

Warms hatte ihn jetzt verstanden, aber er wußte nicht recht, wie er entscheiden sollte. Er mußte einen Offizier zur Kontrolle schicken, aber auf der Brücke wurde jeder Mann gebraucht. Er griff zum Bordtelefon, um Abbott, den Chefingenieur, anzurufen, damit er nach dem Rechten sehe. Abbott meldete sich nicht. Warms rief im Maschinenraum an, aber weder dort noch im Kesselraum war Abbott zu erreichen.

Kostbare Minuten vergingen, während Warms ein halbes dutzendmal erfolglos telefonierte. Wütend knallte er schließlich den Hörer auf die Gabel, dann rief er dem Zweiten Offizier zu: »Patterson, sehn Sie nach, was los ist!«

Der Zweite Offizier brauchte sieben Minuten, bis er endlich unten im Achterdeck, an der Tür des Schreibraumes der Touristenklasse, Brandgeruch wahrnahm. Er brauchte weitere drei Minuten, bis er die verschlossene Tür aufgebrochen hatte. Dicke, gelbliche, nach Schwefel riechende Qualmwolken drangen ihm entgegen, nahmen ihm die Luft. Er preßte ein Taschentuch vor den Mund, warf sich lang auf die Erde und robbte zur hinteren Wand des Raumes. Aus einem Wandschrank quollen geballte Rauchwolken. Als der Zweite Offizier sich aufrichtete und die Tür aufriß, schoß ihm eine Stichflamme entgegen, hellblau und beizend, wie sie entsteht, wenn Chemikalien in Brand geraten. Die Hitze, der Qualm, der betäubende Gestank raubten dem Offizier fast das Bewußtsein. Mit letzter Kraft kroch er zur Tür des Schreibzimmers zurück. Es gelang ihm, sie zu schließen; dann brach er ohnmächtig auf dem Gang zusammen. Jenseits der Tür aber fand das Feuer reichliche Nahrung: Polstermöbel, Teppiche, Gardinen, Seidentapeten. Es fand auch einen Weg, sich weiter auszubreiten: durch die Luftschächte, die in den Ballsaal, in die Bars und in die Speisezimmer führten. Personal und Passagiere hatten diese Räume längst verlassen, so daß der Brand sich ausbreiten konnte, ohne daß der Schiffsführung etwas davon bekannt wurde.

Gewiß, die »Morro Castle« war mit einer hochmodernen automatischen Feuermeldeanlage ausgerüstet, die auf Temperaturschwankungen reagierte und bei siebzig Grad Raumtemperatur selbständig Alarm auslöste; doch die hochempfindlichen Apparaturen dieser Anlage waren dem Hurrikan, der nun schon seit Stunden den Schiffsleib durchschüttelte, nicht gewachsen. Sie reagierten entweder gar nicht mehr oder gaben erst Alarm, als die Eisenwände des Ballsaales bereits glühten.

Inzwischen aber hatte das Feuer Zeit, sich auszubreiten, bis keine Möglichkeit mehr bestand, es mit den auf der »Morro Castle« vorhandenen Löscheinrichtungen zu bekämpfen.

Null Uhr fünfzig Bordzeit kam erst das Signal: Feuer im Schiff! Hier wie auf jedem anderen Schiff der Welt bedeutete dieses Signal: Offiziere und Besatzungen sofort auf ihre vorbestimmten Plätze! Passagiere mit Schwimmwesten an Deck! Frauen und Kinder zuerst mit den Rettungsbooten zu Wasser!

Auf der »Morro Castle« löste dieses Signal eine unbeschreibliche Panik aus, die jeden erfaßte. Eine von

Angst und Todesfurcht gejagte Menschenmenge wälzte sich die Treppen und Decksgänge empor. Mit brutaler Gewalt wurde um die Plätze in den Rettungsbooten gekämpft. Jeder bekämpfte jeden. Männer im Abendanzug, Passagiere, die im Hemd aus ihren Kabinen gestürmt waren, prügelten sich durch die Menge hindurch, kletterten in die Boote und verteidigten die eroberten Plätze mit Rudern, Holzlatten oder mit Fäusten und Beinen. Frauen klammerten sich an die Bordkanten, schrien, flehten und bettelten darum, gerettet zu werden. Die nächste Sturzsee spülte sie hinweg, schaffte Platz für die nächsten, die herandrängten.

Für die Besatzungsmitglieder schienen die ausgegebenen Befehle nicht zu existieren. Kaum ein Schiffsangehöriger war auf seinem Platz, jeder suchte nur sein eigenes Leben in Sicherheit zu bringen. Auf der Brücke stand der neue Kapitän, ohnmächtig, hier Ordnung zu schaffen. Seine Befehle wurden nicht gehört oder nicht befolgt.

Wie ein Gespenst erschien plötzlich in schneeweißer Uniform Chefingenieur Abbott auf der Brücke. Neben ihm, von Abbott mit einer Pistole bedroht, ging der Zweite Funkoffizier Alagna.

Warms schrie Abbott an: »Scheren Sie sich in den Maschinenraum, dort ist Ihr Platz! Wo waren Sie überhaupt die ganze Zeit?«

Abbott fuchtelte wild mit seiner Pistole herum und brüllte: »Alagna wollte türmen. Geben Sie ihm Befehl, SOS zu funken, oder ich nehme das Motorboot!«

Aus dem Kesselraum rief der Maschineningenieur an. Er meldete Explosionsgefahr. Das Feuer drohte die Öltanks zu erfassen. Warms befahl ihm, Schaumlöscher einzusetzen, die Ölzufuhrleitungen zu schließen und die Turbinen stillzulegen.

Als Abbott hörte, daß Explosionsgefahr bestand, stürmte er wie ein Wahnsinniger von der Brücke. Durch die Fenster der Kommandobrücke sah Warms, wie sich Abbott mit der Pistole in der Hand den Weg über das Deck zum Motorboot bahnte. Zwei Matrosen folgten ihm, dann ein Mann im Frack, eine Frau in Abendtoilette und ein junges Mädchen im Schlafanzug.

Der Funkoffizier Alagna stand noch immer wie angewurzelt auf der Brücke. »Es stimmt nicht, Sir, ich wollte nur nach dem Ersten Funkoffizier suchen. Rogers hat sich schon seit Stunden nicht mehr sehen lassen. Was nun? Soll ich SOS geben?«

Warms durfte ihm den Befehl nicht geben. Eine Anordnung der Reederei verlangte von ihm, bei Seenot in Küstennähe zuerst die Genehmigung einzuholen. Die Leitung der Reederei versuchte die Hilfeleistungen fremder Schiffe stets zu umgehen, indem sie nur in äußerst seltenen Fällen die Erlaubnis für SOS-Funksprüche erteilte. Wegen einiger tausend Dollar mußte Warms das Leben von 318 Passagieren und 108 Besatzungsmitgliedern auch hier aufs Spiel setzen.

Warms war seit zwanzig Jahren gehorsamer Angestellter dieser Reederei. Er wagte es nicht, gegen die bestehenden Anordnungen zu verstoßen. »Gehen Sie, Alagna, versuchen Sie mit der Reederei Funkverbindung aufzunehmen, und geben Sie mir dann Nachricht.«

Achselzuckend verließ der Funkoffizier die Kommandobrücke, gehorsam setzte er sich an den Schreibtisch der Funkkabine und chiffrierte den Funkspruch. Vierzig Minuten lang versuchte er die Reederei in New York zu erreichen.

Seine Morsezeichen blieben unbeantwortet. Die Reederei in New York verzichtete darauf, ihre Funkanlage nachts zu besetzen, um die Kosten für das Personal einzusparen.

Vierzig unendlich lange Minuten hockte der Zweite Funkoffizier Alagna an der Morsetaste. In der kleinen, fensterlosen Funkkabine kletterte das Thermometer inzwischen auf siebzig Grad. Die Kabine lag unmittelbar über dem in Flammen stehenden Ballsaal. Die Entlüftungsanlage, eingebaut, um den nur wenige Quadratmeter großen Raum mit Frischluft zu versorgen, blies dicke Wolken von Qualm und Brandgestank hinein. Alagna hatte sich ein nasses Handtuch über Mund und Nase gebunden, um nicht zu ersticken. Seine Augen tränten von dem beißenden Rauch. Er durfte seinen Platz nicht eher verlassen, bis Antwort auf seine Morsezeichen kam, bis der Erste Funkoffizier, Georg Rogers, ihn ablöste.

Rogers, seit vierzehn Uhr auf Freiwache, mußte um zweiundzwanzig Uhr seinen Dienst in der Funkkabine wieder antreten, hätte also spätestens in der Kabine erscheinen müssen, als das Feuer ausbrach. Er war nicht gekommen.

Alagna fand jetzt keine Zeit mehr, sich Gedanken zu machen, wo Rogers sein könnte. Er mußte morsen und warten.

Plötzlich stand Rogers neben ihm. Taumelnd, rülpsend, betrunken. Der Kragen seiner Uniform war geöffnet, seine Haare hingen ihm wirr ins Gesicht. Er trug eine Schwimmweste über der klitschnassen Uniform und hielt eine Pistole in der Hand.

Lallend fuhr er Alagna an: »Was ist denn los? Kommen nicht endlich Schiffe zur Rettung? Solln wir denn alle krepieren? Laß mich mal ran!«

Er versuchte, Alagna gewaltsam von der Funkanlage zu verdrängen. Alagna wehrte sich dagegen, stieß ihn beiseite. »Der Kapitän gibt keinen Befehl. Die Reederei muß entscheiden. Ich kriege keine Verbindung.«

Rogers baute sich hinter Alagna auf, drückte ihm die Pistole in den Rücken. »Reederei? Seid ihr denn alle wahnsinnig geworden?« Er langte über Alagna hinweg nach dem Hebel der Funkanlage, der auf »Empfang« eingestellt war, und drückte ihn nach unten, auf »Senden«.

»Los, SOS. Mach schon, sonst jage ich dir eine Kugel durch den Kopf ...«

Alagna leistete keinen Widerstand mehr. »... SOS ... SOS ... SOS ...«, morste seine Hand fast automatisch: Schiffsname, letzte Position, Feuer an Bord, fordern dringend Hilfe an. »... SOS ... SOS ... SOS ...« Dreimal konnte Alagna den Notruf nur noch morsen: Unmittelbar nach dem letzten SOS-Ruf zerriß eine Explosion die Qualmwolken in der Funkkabine. Die Batterien der Sendeanlage waren unter der Hitzeeinwirkung geplatzt. Schwefelsäure spritzte Alagna ins Gesicht. Ohnmächtig sackte er zusammen. Rogers packte ihn, zerrte ihn zur Kabinentür. Draußen, auf dem Decksgang, ließ er ihn liegen und stürmte davon.

Die brennenden Schmerzen im Gesicht brachten Alagna noch einmal zur Besinnung. Er rappelte sich auf, torkelte durch den Decksgang, konnte jedoch die Treppe zum Oberdeck nicht finden. Die Beleuchtungsanlagen im Schiff waren längst ausgefallen. Verzweifelt suchte Alagna die Treppe. Fand er sie nicht, war er verloren. Irgendwo im Labyrinth der dunklen, verqualmten Gänge geriet er ins Stolpern und fiel lang hin. Er tastete den Fußboden ab, berührte einen menschlichen Körper und fühlte die Tressen einer Uniform. Es mußte sich um einen Offizier der Besatzung handeln.

Alagna schleppte den bewußtlosen Körper mit sich, bis er eine Treppe fand, und schleifte ihn dann mit letzter Kraft nach oben. Im Schein der Flammen, die jetzt überall aus dem Schiffsrumpf loderten und an den Decksaufbauten leckten, erkannte er voller Grauen, daß er eine Leiche hatte retten wollen. Schiffsarzt Dr. de Witt, der jetzt vor ihm lag, war tot. Als Alagna ihn wieder auf das Deck zurücklegte und der Kopf dabei zur Seite fiel, entdeckte er an der Schläfe ein fingerbreites Loch, aus dem ein feiner Blutstrom rann.

Irgendein Matrose faßte Alagna plötzlich beim Arm,

zog ihn von dem Toten weg und sagte: »Kommen Sie, Sir, wir machen gleich das letzte Boot los!«

Das Vorschiff war jetzt wie leergefegt. Die tobenden Menschen hatten das Deck in letzter Minute verlassen, und der Schein der Flammen beleuchtete unzählige dunkle Punkte auf dem Meer, die auf den Wellenkämmen wie Gummibälle trieben.

Zwei Matrosen hoben Alagna in das nicht vollbesetzte Rettungsboot. Sie schlugen die Sliphaken weg, die es noch an den Davits hielten. Langsam, ohne zu kippen glitt das Boot, kaum zwei Meter von der glühendheißen Bordwand der »Morro Castle« entfernt, an den Taljen in die Tiefe. Die Hitze schlug den Insassen des Bootes so heftig entgegen, daß sie die Gesichter mit Kleidungsstücken schützen mußten, um keine Verbrennungen zu erleiden.

Erst nachdem die Matrosen das Boot von den Taljen gelöst hatten und es von einer Welle mit gewaltigem Schwung mehr als fünfzig Meter vom Schiff weggetragen worden war, fand Alagna Zeit, sich umzusehen, wer gleich ihm die »Morro Castle« mit dem letzten Rettungsboot verlassen hatte. Es waren ausschließlich Mitglieder der Schiffsbesatzung. Auch Kapitän Warms und der Erste Funkoffizier Rogers saßen im Boot.

134 Passagiere, zumeist Frauen und Kinder, sowie sechs Besatzungsmitglieder waren der Katastrophe zum Opfer gefallen. Sie waren ertrunken, verbrannt, erstickt, oder man hatte sie zu Tode getrampelt.

Der erste Teil der Verhandlung vor dem Seegericht wurde mit diesem traurigen Ergebnis zunächst beendet.

Kapitän Warms, die Funkoffiziere Rogers und Alagna, Chefingenieur Abbott, der ebenfalls gerettete Zweite Offizier Patterson, der Maschineningenieur und ein Teil der geretteten Passagiere waren in dreitägiger Verhandlung eingehend vernommen worden und hatten die Vorgänge auf dem Schiff so geschildert, wie sie von ihnen erlebt wurden. Keiner der vielen Zeugen konnte oder wollte jedoch die für den Ausgang der Verhandlung wichtigsten Fragen beantworten:

War Kapitän Wilmott vergiftet worden? Wer hatte Gründe, ihn zu ermorden? Hatte sich Schiffsarzt Dr. de Witt während der Katastrophe selbst erschossen, oder war er beseitigt worden, weil er das Glas mit den Fingerabdrücken der Person in Verwahrung hatte, die zuletzt mit dem später vergiftet aufgefundenen Kapitän Wilmott Whisky getrunken hatte? War der vom Zweiten Offizier im Wandschrank des Schreibzimmers der Touristenklasse entdeckte Brandherd durch Selbstentzündung entstanden, oder war er gelegt worden, um die Spuren irgendwelcher Verbrechen zu beseitigen? Erlaubte das mehr als merkwürdige Verhalten einiger Offiziere der »Morro Castle« vor und während der Katastrophe die Schlußfolgerung, daß einer von ihnen die Multimillionärin, den Kapitän und den Schiffsarzt ermordet und das Schiff in Brand gesteckt hatte?

Der aufmerksame Leser dieses Berichtes, in dem die Ereignisse vor und nach dem Brand auf der »Morro Castle« zusammenhängend geschildert wurden, ahnt allerdings längst, daß hier nicht Zufall und höhere Gewalt, sondern ein äußerst skrupelloser und raffinierter Verbrecher am Werke gewesen war. Zwar vermochte niemand mit Bestimmtheit zu sagen, welche Person sich hinter dem dreifachen Mörder, Juwelendieb und Brandstifter verbarg: William Warms, der letzte Kapitän des Unglücksschiffes, Chefingenieur Abbott, der Zweite Offizier Patterson, der Erste Funkoffizier Rogers oder der Unbekannte, der als erster nach der Katastrophe mit Asbestanzug und Sauerstoffmaske das gestrandete Wrack betreten hatte!

Auch das Seegericht in New York konnte die Frage nach dem Täter nicht beantworten. Wohl fehlte es tatsächlich an dem erforderlichen Beweismaterial, doch man wollte auch unbedingt vermeiden, daß die Katastrophe auf der »Morro Castle« zu einem kriminalistischen Sensationsfall ausartete. Die vier Mitglieder des Seegerichtes waren Angestellte großer amerikanischer Schiffahrtsunternehmen. Zwei von ihnen bekleideten Direktorenposten in der Ward-Line-Reederei, der die »Morro Castle« gehörte. Sämtliche Reedereien waren natürlich daran interessiert, daß die zahlungskräftigen Globetrotter aus aller Welt auch weiterhin ihre teuersten Luxusdampfer für ihre Vergnügungsreisen benutzten. Deshalb mußte man in ihnen mit allen Mitteln den Glauben wecken, daß sie stets auf dem schönsten und sichersten Schiff reisten und sich in der Obhut des vorbildlichsten Schiffspersonals befanden. Konnte man das Unglück schon nicht ungeschehen machen, so mußte vom Seegericht doch alles unternommen werden, um es als Fügung Gottes erscheinen zu lassen. Man fürchtete in den Reedereien mit Recht, daß ein großer Teil von Passagieren in aller Welt künftig davon Abstand nehmen würde, Vergnügungsreisen auf Schiffen zu unternehmen, deren Offiziere verkappte Räuber, Mörder und Brandstifter waren.

Der Spruch des Seegerichtes sollte dazu dienen, den Anschein einer absichtlich ausgelösten Katastrophe auf der »Morro Castle« zurückzudrängen:

»Die Verhandlung hat nicht den Beweis erbracht, daß die Brandkatastrophe auf der Morro Castle anders entstanden sein könnte denn durch höhere Gewalt, insbesondere hat sie keinen zwingenden Anlaß gegeben, anzunehmen, Offiziere und Mannschaften trügen ein Mitverschulden an dem bedauerlichen Tode der Opfer dieses Unglücks. Da, wo vereinzelte Offiziere und Mannschaftsgrade im Inferno der Naturgewalten nicht vollwertig ihren Mann standen, ist ihr Versagen in menschlicher Unzulänglichkeit zu suchen. Gottes unerforschlicher Ratschluß hat dieses tragische Unglück über uns gebracht, es war deshalb auch nicht von Menschenhand abzuwenden.«

Hier handelte es sich also um einen Urteilsspruch, der dem lieben Gott alle Schuld in die Schuhe schob und dazu angetan war, christliche Absolution für die menschliche Schuld an diesem Verbrechen ohne Beispiel zu erteilen und, zum Wohle des Geschäfts, die Katastrophe schnellstens dem Vergessen anheimfallen zu lassen.

Doch zur gleichen Zeit, da die kommerziell urteilenden Richter des Seeamtes den Fall bereits zu den Akten legen wollten, lief bei der Staatsanwaltschaft eine Anzeige der Versicherungsgesellschaft ein, die das Verschwinden des Geschmeides der Millionärin Kathleen Morrison aufgeklärt wissen wollte. Ein Untersuchungsbeamter der Staatsanwaltschaft und ein Detektiv der Bundespolizei sprachen beim Seeamt vor, verlangten Einsicht in das Verhandlungsprotokoll und beschlagnahmten schließlich das gesamte Aktenmaterial des Falles »Morro Castle«.

Die Presse Amerikas konnte noch am selben Tage in Sonderausgaben die sensationelle Wendung des Falles melden:

»FBI und Staatsanwaltschaft nehmen sich des Falles Morro Castle an! – Was geschah wirklich auf der Morro Castle? – Kapitän Warms im Kreuzverhör des FBI!«

Während Warms im Gebäude der Bundespolizei ein zweites Mal die Geschichte des Brandes auf der »Morro Castle« erzählte, eilten schon ein paar Dutzend FBI-Detektive nach Asbury Park, um das Schiffswrack einer gründlichen Untersuchung zu unterziehen. Der Leiter der Untersuchungskommission, Major Kaufhold, und drei der fähigsten Detektive überprüften zunächst die Kapitänskabine. Warms und der Chefingenieur Abbott hatten vor dem Seegericht ausgesagt, daß die Leiche des toten Kapitäns Wilmott vor dem Brand in der Kabine eingeschlossen worden war.

Niemand fand danach mehr Zeit, in die Kapitänskabine zu gehen und die Leiche Wilmotts in Sicherheit zu bringen. Also mußten zumindest noch Knochenreste dort zu finden sein, denn kein Feuer kann eine menschliche Leiche spurlos und vollständig vernichten. Auch Teile des Knochengerüstes, auf Spuren von Gifteinwirkung untersucht, konnten noch den Nachweis liefern, daß Wilmott tatsächlich vergiftet worden war. Dieser Beweis gewann jetzt an Wichtigkeit, da der einzige sachkundige Zeuge, Dr. de Witt, nicht mehr unter den Lebenden weilte.

Der Gang zur Kapitänskabine führte die FBI-Beamten in eine tote, verlassene Welt: Asche, Staub, verkohlte Planken, verrußte, angerostete Eisenwände. Die Tür der Kapitänskabine fanden sie unversehrt und noch immer verschlossen. Einer der Detektive zog ein Bund Spezialdietriche aus der Tasche, prüfte die Form des Schlosses und öffnete dann mit einigen Handgriffen die Tür.

Ein nicht erwartetes, geradezu gespenstisches Bild bot sich den Eintretenden: Das Feuer, das kaum eine Planke des Schiffes unversehrt gelassen hatte, war an der Kapitänskabine nahezu spurlos vorübergegangen. War es auch beinahe unerklärlich, so blieb es doch Tatsache, daß nur der Fußboden und die Füße der Möbel angebrannt waren. Das Bett stand unversehrt an der Wand. Sogar die Scheiben der Bullaugen waren heil geblieben. Es bestand die Möglichkeit, daß dadurch die Flammen keinen Sauerstoff bekommen hatten und erstickt waren. Die FBI-Männer suchten jetzt nicht nach Erklärungen für den Zustand der Kabine, sondern nach der Leiche des Kapitäns. Warms hatte ausgesagt, daß er sie gemeinsam mit dem Arzt auf das Bett gelegt hätte, aber das Bett war jetzt leer, die Bettdecke lag glatt darüber. Major Kaufhold stürzte nach nebenan in das Badezimmer. Die Einrichtung war genauso unversehrt wie die der Kabine, aber auch hier fand man keine Leiche. Das ganze Schiff wurde in stundenlanger Arbeit genauestens durchsucht, doch nirgends ließ sich eine Spur vom toten Kapitän Wilmott entdecken.

Seine Leiche war und blieb verschwunden.

Die zahlreichen ungelösten Rätsel, die den Brand auf dem Luxusdampfer »Morro Castle« wie eine meterdicke, undurchdringliche Mauer umgaben, waren um ein weiteres vermehrt worden. Lediglich die Entstehung des Feuers konnte halbwegs aufgeklärt werden. Brandsachverständige prüften Wände und Fußboden des Schreibzimmers, in dem der Zweite Offizier, Patterson, den Brandherd entdeckt hatte. Sie fanden winzige Spuren einer chemischen Substanz, eingefressene charakteristische Brandstellen in den Metallwänden und Metallsplitter, die von dem Kupferblechzylinder stammen konnten, in dem der Brandsatz gelegen hatte. In Laborversuchen rekonstruierten die Sachverständigen, wie der Brand angelegt worden sein mochte. Der Täter mußte den Metallzylinder an eine Steckdose des Schreibzimmers angeschlossen haben. Eine Heizspirale erzeugte die erforderliche Hitze, um den Brandsatz zu entfachen. Die Untersuchungskommission gelangte zu der Schlußfolgerung, daß der Brandstifter technisch versiert gewesen sein mußte und sich im Umgang mit Chemikalien auskannte. Ein vager Verdacht fiel auf den Chefingenieur Abbott, der außerdem wegen seines laxen Verhaltens im Dienst und seiner vielen Eskapaden in den Kabinen weiblicher Passagiere mit Kapitän Wilmott auf dem Kriegsfuß stand und nach der Jungfernfahrt abgelöst werden sollte. Abbott war auch dabeigewesen, als der Schiffsarzt den vergifteten Kapitän gefunden und das Schnapsglas mit den verräterischen Fingerabdrücken sichergestellt hatte. Abbott entfernte sich danach sofort wieder und tauchte erst auf, als die Katastrophe nicht mehr abzuwenden war. Er konnte also genügend Zeit gefunden haben, um den Brand zu legen und den Schiffsarzt zu ermorden. Er konnte auch die Millionärin Kathleen Morrison umgebracht und ihren Schmuck geraubt haben.

Abbott bestritt zwar höchst energisch jede Schuld, und es gab auch keine Zeugen, die ihn im Schreibzimmer, in der Kabine der Millionärin oder in der Nähe des Schiffsarztes gesehen hatten. Trotzdem war sein Alibi, das er für die entscheidenden Stunden angab, höchst fadenscheinig. Abbott sagte aus, er habe sich auf dem Ball betrunken und anschließend in seiner Kabine geschlafen. Erst als auf dem Schiff Feueralarm gegeben wurde, sei er aufgewacht und habe nun die Nerven verloren. Um sein Leben zu retten und weil er doch nicht mehr helfen konnte, sei er von Bord gegangen. Niemand glaubte Abbott diese Erzählung, jedoch fand sich auch keiner, der in der Lage gewesen wäre, sie zu widerlegen.

In den Kreis der Verdächtigen rückte auch Warms, der Mann, der durch den Tod Wilmotts Kapitän geworden war. Als ein Detektiv sein Vorleben überprüfte, stellte er fest, daß Warms stark verschuldet war und einen Wechsel über 10000 Dollar unterschrieben hatte, der nach dieser Reise der »Morro Castle« fällig wurde. Warms wußte genau wie Abbott, daß steinreiche Passagiere an Bord waren. Konnte er nicht den Schmuck gestohlen haben? War er dabei von der Millionärin überrascht worden?

Warms war ebenfalls anwesend, als Dr. de Witt den Giftmord an Kapitän Wilmott entdeckte, und er wußte, daß der Arzt das Schnapsglas mit den Fingerabdrücken gefunden hatte. Weitere Verdachtsmomente ergaben sich aus der Tatsache, daß Warms als Elektroinstallateur ausgebildet war. Der Rudergänger bestätigte zwar, daß Warms während des Brandes auf der Kommandobrücke war, mit absoluter Gewißheit konnte jedoch auch er nicht sagen, ob Warms die Brücke nicht doch hin und wieder für einige Minuten verlassen hatte.

Ein dritter Verdacht tauchte auf, als Detektive herausfanden, daß der Erste Funkoffizier Rogers in seiner Freizeit kleine Heizungsanlagen für Aquarien, Apparate aus Kupferblech, die eine Heizspirale enthielten und an eine Steckdose angeschlossen wurden, bastelte. Rogers konnte für die Tatzeit kein Alibi erbringen. Sein Tagesdienst am 7. September 1934 war um vierzehn Uhr beendet. Es folgten acht Stunden Freiwache, danach hätte Rogers um zweiundzwanzig Uhr seinen Dienst auf der Funkstation wieder antreten müssen.

Der Funkdienst war in drei Schichten eingeteilt: Von sechs bis vierzehn Uhr machte der Dritte Offizier Doyle Dienst; von vierzehn bis zweiundzwanzig Uhr der Zweite Offizier Alagna; von zweiundzwanzig bis sechs Uhr früh der Erste Funkoffizier Rogers.

Rogers tauchte jedoch erst kurz vor drei Uhr nachts wieder in der Funkkabine auf. Sein Alibi für diese Zeit: »Bis gegen zwanzig Uhr saß ich in der Offiziersmesse, habe Briefe geschrieben und später gelesen. Dann habe ich mich in meiner Kabine hingelegt. Ich habe die Zeit verschlafen, weil ich vorher vierzehn Stunden Dienst gemacht hatte. Der Dritte Offizier Doyle war am Abend vorher mit Blinddarmentzündung ins Schiffslazarett eingeliefert worden. Deshalb bin ich auch nicht von ihm, wie sonst üblich, geweckt worden. Ich wurde erst wach, als man Feueralarm gab. Ich habe den Passagieren an Deck geholfen, in die Boote zu kommen. Ich sorgte auf Deck für Ordnung, deshalb konnte ich auch meinen Funkdienst nicht antreten. Ich war der Meinung, daß die Besonderheit der Situation dies rechtfertigte.«

Verdachtsmomente tauchten auch bei Rogers mehr als genug auf, doch fehlten wieder die Beweise für die hypothetischen Kombinationen.

Zwei andere mysteriöse Ereignisse, die sich zutrugen, nachdem das Wrack am Kai von Asbury Park bereits gestrandet war, fanden allerdings eine überraschende Aufklärung. FBI-Detektive hatten nach jenem geheimnisvollen Mann geforscht, der am ersten Abend nach der Katastrophe im Asbestanzug und mit Sauerstoffmaske das Schiff betreten hatte. Ihre Bemühungen wurden kurzerhand von der Zentrale des amerikanischen Geheimdienstes CIA unterbunden.

»Es läge nicht im Interesse der Regierung der USA, herauszubekommen, wer dieser Mann war und was er auf dem Schiffswrack gesucht hatte«, wurde den Detektiven eröffnet. Erst heute, nachdem das Dunkel um den Fall »Morro Castle« sich mehr gelichtet hat, weiß man, was für eine allerdings nebensächliche Rolle der »große Unbekannte« gespielt hat.

Einzelne Kabinen der »Morro Castle«, in denen Passagiere reisten, die sich aus politischen oder militärischen Gründen das Mißtrauen der amerikanischen Regierung zugezogen hatten, waren mit geheimen Abhöranlagen ausgestattet worden. Da man nicht wußte, ob diese Anlagen vom Feuer zerstört worden waren, schickte der CIA einen Agenten auf das Wrack, der alle Spuren beseitigen sollte, denn man befürchtete, daß noch vorhandene Anlagen bei einer späteren Untersuchung entdeckt würden.

Geklärt wurde auch, was es mit dem angeschwemmten erschossenen Matrosen und dem Offizier auf sich hatte, der die Pistole in der Tasche trug, aus der zwei tödliche Kugeln abgefeuert worden waren. Passagiere, die nach ihrer Rettung in ein Krankenhaus eingeliefert wurden und nicht sofort vernommen werden konnten, sagten später aus, daß sie gesehen hätten, wie der Matrose von dem Offizier erschossen worden sei, weil er auf Deck zurückgelassene Gepäckstücke plünderte. Der Offizier sei später über Bord gespült worden und ertrunken. Die Brecher des Ozeans warfen beide Leichen an Land, und der grausige Fund hatte somit ebenfalls zur kriminalistischen Verwirrung beigetragen.

Alles andere aber blieb vorerst ungeklärt. Fleißige Zeitungsschreiber ergingen sich wohl in spaltenlangen Vermutungen und Kombinationen, die Ermittlungen des FBI aber verliefen im Sande. Die erregte Bevölkerung wurde mit einem zweiten Scheinprozeß beruhigt. Kapitän Warms und Chefingenieur Abbott waren angeklagt, ihre Pflicht als Schiffsoffiziere vernachlässigt zu haben. Das Gericht befand Warms in sechs Punkten der Anklage für schuldig:

Er hatte es versäumt, Sorge dafür zu tragen, daß sich Offiziere und Matrosen nach dem Feueralarm so verhielten, wie es die Schiffsgesetze vorschrieben.

Er hatte versäumt, sich rechtzeitig einen Überblick über das Ausmaß des entstandenen Feuers zu verschaffen.

Er hatte das Schiff nicht rechtzeitig gestoppt.

Er hatte nichts unternommen, um die Passagiere ordnungsgemäß in die Rettungsboote bringen zu lassen.

Er hatte nicht rechtzeitig SOS funken lassen.

Er hatte die Rettungsboote ohne Führung und Anleitung in See gehen lassen.

Warms wurde zu zwei Jahren Gefängnis verurteilt. Chefingenieur Abbott erhielt eine Gefängnisstrafe von vier Jahren, weil er aus Feigheit seinen Posten im Maschinenraum verlassen und keinen Versuch unternommen hatte, Passagiere zu retten, sondern als einer der ersten das brennende Schiff verlassen hatte.

Das Urteil hatte aber nur wenige Wochen Bestand. Im Revisionsverfahren hob man es wieder auf, und sowohl Warms als auch Abbott wurden aus Mangel an Beweisen freigesprochen.

Dennoch bedeutete dieser Freispruch das Ende ihrer Seeoffizierskarriere. Das Seeamt, das in der ersten Verhandlung an ihrem Verhalten nichts auszusetzen hatte, entzog ihnen nun das Offizierspatent. Warms tauchte als Dockarbeiter unter und fiel im Zweiten

Weltkrieg. Abbott endete schon zwei Jahre nach der Katastrophe auf der »Morro Castle« in einer Trinkerheilanstalt.

Nur der dritte Verdächtige, der Erste Funkoffizier Rogers, zog aus dem Unglück auf echt amerikanische Weise Profit. Wochenlang trat er im New-Yorker Broadway-Theater »Rialto« auf und schilderte vor täglich ausverkauftem Hause nach dem Manuskript eines routinierten Stückeschreibers seine Erlebnisse auf der »Morro Castle« während des großen Feuers. Er kassierte dafür 10 000 Dollar Honorar und wurde von den Zuschauern als »Held der ‚Morro Castle'« gefeiert.

Doch auch dieser klägliche Ruhm verblaßte schnell. So wie der Name »Morro Castle« allmählich aus den Zeitungen verschwand, verging auch die Broadway-Publicity des Funkoffiziers. Vergessenheit breitete sich über der Katastrophe aus. Die Akten verstaubten, die FBI-Detektive hatten keine Zeit mehr, den Mörder und Brandstifter der »Morro Castle« zu jagen. Das Gangsterunwesen der Al Capone und Dillinger hielt Amerika in Angst und Schrecken. Dreieinhalb Jahre vergingen, ohne daß noch ein Wort über die »Morro Castle« geschrieben wurde. Dann, ganz plötzlich, am 4. März 1938, war die Geschichte der Schiffskatastrophe wieder in aller Munde, stand der Name des Ersten Funkoffiziers erneut mit großen Lettern in den Zeitungen. Man pries jedoch nicht mehr seine Heldentaten, die er am Broadway zum besten gegeben hatte, sondern die Schlagzeilen schrien in die Welt hinaus: »Rogers hat die Morro Castle in Brand gesteckt!« – »Erster Funkoffizier ist der Mörder der Morro Castle!«

Was war geschehen, daß der gefeierte Held plötzlich zum Mörder und Brandstifter gestempelt wurde? Hatte er ein Geständnis abgelegt? Hatte man die Beweise endlich gefunden?

Nichts dergleichen.

Rogers hatte sich nach dem Ende der »Morro Castle« in Bayonne, einem kleinen Städtchen im Staate New Jersey, niedergelassen und war dort in die Polizei eingetreten. Nach einem Jahr Streifendienst wurde er in die Funkzentrale versetzt und traf hier auf seinen früheren Kollegen von der »Morro Castle«, den damaligen Dritten Funkoffizier Doyle. Hier aber war Doyle plötzlich sein Vorgesetzter. Das gab Zwistigkeiten, führte immer häufiger zu Streitereien zwischen beiden. Doyle machte dabei kein Hehl aus seiner Ansicht über die Vorgänge auf der »Morro Castle«. Er beschuldigte Rogers, der Mörder und Brandstifter gewesen zu sein.

An einem Tage nach solch einer Auseinandersetzung wurde auf Doyle ein Mordanschlag verübt. Im Polizeibüro hatte ein Unbekannter ein Paket für ihn abgegeben. Eine Aquariumheizung lag darin und ein Zettel, auf dem mit Schreibmaschine geschrieben stand: »Lieber Leutnant, meine Aquariumheizung ist mir kaputtgegangen. Sie verstehen sich doch auf solche Sachen, bitte reparieren Sie sie.« Doyle war nicht sehr überrascht gewesen; es kam häufig vor, daß ihn Kollegen um kleine technische Reparaturen baten. Arglos packte er deshalb auch das Gerät aus, steckte den Kontaktstecker in die elektrische Buchse, um die Fehlerquelle zu suchen, und im gleichen Augenblick riß ihn eine Explosion von den Beinen. Schwerverletzt wurde Doyle in das Krankenhaus geschafft und sofort operiert. Er hatte Glück; die Verletzungen waren nicht lebensgefährlich. Nach drei Tagen war er wieder vernehmungsfähig. Das erste, was Doyle zu Captain McGrath, dem Chef der Kriminalpolizei, sagte, war: »Das hat mir Rogers eingebrockt. Genauso hat er die Morro Castle in Brand gesteckt. Weil ich das wußte, wollte er auch mich umbringen ...«

Rogers wurde sofort verhaftet, sein Häuschen, das er sich von seinem 10000-Dollar-Honorar gekauft hatte, vom Keller bis zu den Dachsparren durchsucht. In einer kleinen Werkstatt fanden die Beamten auch Kupferblech, Heizspiralen und alles Material, aus dem solch eine Aquariumheizung gefertigt wurde. Rogers leugnete aber jede Schuld, erklärte, daß er solche Aquariumheizungen schon seit Jahren gebaut und verkauft habe. Jeder seiner Käufer könnte also der Absender der Höllenmaschine sein. Rogers behauptete sogar, der Anschlag habe ihm gegolten, denn wenn er in der Funkstelle gewesen wäre, hätte er bestimmt das Gerät ausprobiert.

Captain McGrath hatte nur ein müdes Gähnen für diese Erklärung übrig.

Bald schaltete sich auch das FBI wieder in die Ermittlungen ein, versuchte die Verbindung zwischen dem Attentat auf Doyle und der »Morro Castle«-Katastrophe zu knüpfen. Neun Monate dauerten die Untersuchungen und Vernehmungen. Alle Vorhaltungen wies Rogers immer wieder mit der gleichen Erklärung von sich: »Wenn ich die Verbrechen auf der Morro Castle verübt hätte, besäße ich ja den Schmuck und brauchte nicht hier als Polizeifunker so mühsam meinen Lebensunterhalt zu verdienen.«

Man hielt ihm entgegen: »Sie wollten eben ein paar Jahre vergehen lassen, um jeden Verdacht zu zerstreuen. Wenn Sie jetzt schon den Schmuck verkauft und in Saus und Braus gelebt hätten, wären wir Ihnen ja längst auf die Spur gekommen.« Das hörte sich zwar logisch und überzeugend an, aber der letzte Beweis fehlte auch hier wieder: der Schmuck! Man fand ihn nicht bei Rogers.

Im November 1938 stellte das FBI seine Untersuchungen wieder ein und überließ Rogers den Behörden von Bayonne. Vom Schwurgericht des Städtchens wurde Rogers dann wegen versuchten Mordes an seinem Polizeikollegen Doyle zu einer Zuchthausstrafe zwischen zwölf bis zwanzig Jahren verurteilt. Doch dem Schuldspruch ging ein Indizienbeweis voraus. Rogers bestritt auch im Prozeß bis zur letzten Minute jede Schuld und behauptete, der wirkliche Brandstifter der »Morro Castle« habe den Anschlag nur verübt, um ihn so oder so aus dem Wege zu räumen.

Vier Jahre verbrachte Rogers im Zuchthaus, dann wurde er, völlig überraschend, vom Obersten Gericht der Vereinigten Staaten begnadigt, begnadigt auf ein angebliches Gnadengesuch hin, das Rogers aber nie eingereicht hatte. Das war das Merkwürdige an diesem unerwarteten Gnadenakt.

Wenige Monate später wurde Rogers zum Kriegsdienst eingezogen. Auf einem Frachtschiff, das Kriegsmaterial nach England brachte, diente er als einfacher Funker. Er überlebte den Krieg und kehrte 1945 nach Bayonne zurück. Er eröffnete einen kleinen Laden und ernährte sich mehr schlecht als recht von den Reparaturen an Radioapparaten und Haushaltsgeräten. Sein Kundenkreis bestand aus Leuten, die neu in der Stadt waren. Die alteingesessenen Bewohner mieden sein Geschäft. Für sie war er der Mörder von der »Morro Castle« und schuld an den Verletzungen des Funkers Doyle, aber niemand machte sich Gedanken darüber, warum dieser Mann, der noch einen Millionenschmuck besitzen sollte, überhaupt nach Bayonne zurückgekehrt war, warum er sich mit dem Erlös aus dem Schmuckverkauf nicht an irgendeinem anderen Ort auf der Welt niedergelassen hatte.

Zu den wenigen Bekannten, die noch mit Rogers Umgang pflegten, gehörte ein dreiundachtzigjähriger William Hummel, der mit seiner unverheirateten Tochter Alma das Nachbarhaus bewohnte. Zwischen Hummel und Rogers entwickelte sich eine herzliche Freundschaft, die so weit ging, daß Hummel Rogers 7500 Dollar für den Ausbau seines Reparaturladens borgte.

Mit den Jahren vergaß man im Städtchen auch, was geschehen war, und es schien, als sollte Rogers, wenn schon kein angesehener, so doch ein geduldeter Bürger werden.

Da geschah am 20. Juni 1953 ein neues grausiges Verbrechen. Rogers Nachbar, der greise William Hummel und seine Tochter, wurden in ihrem Hause erschlagen aufgefunden. Die Mordkommission, die den Fall untersuchte, fand im Wohnzimmer ein Tonbandgerät und eine Bandspule, auf der eine erregte Auseinandersetzung zwischen dem alten Herrn Hummel und Rogers aufgenommen war. Der Streit ging um die 7500 Dollar, die Hummel Rogers geliehen hatte und deren Rückzahlung er am Tage der Bandaufnahme energisch verlangte. Rogers versprach, das Geld in den nächsten Tagen zurückzuzahlen, Hummel drohte, einen Prozeß anzustrengen, wenn Rogers nicht die 7500 Dollar am nächsten Tage bringen würde.

Diesen Tag erlebten die Hummels nicht mehr.

Rogers war wegen versuchten Mordes vorbestraft, und ganz Amerika hielt ihn auch für den Brandstifter und Mörder von der »Morro Castle«. Nur er konnte diesen Doppelmord verübt haben, folgerten natürlich die Männer der Mordkommission und nahmen ihn fest.

Wieder bestritt der ehemalige Funkoffizier der »Morro Castle« jede Schuld, wieder wurde er angeklagt auf Grund eines Indizienbeweises. Unmittelbare Beweise für seine Schuld oder gar Tatzeugen gab es nicht. Das auf Tonband aufgenommene Streitgespräch und sein Vorleben waren eigentlich alle Indizien, die für Rogers Schuld sprachen.

Am 24. September 1954 wurde Rogers wegen Doppelmordes zweimal zu lebenslänglichem Zuchthaus verurteilt. Doch die Strafe traf den Verurteilten eigentlich nicht mehr. Während des Prozesses erlitt Rogers einen Nervenzusammenbruch, der seine völlige geistige Umnachtung zur Folge hatte.

In der Krankenabteilung des Zuchthauses Trenton

verbüßte Rogers vier Jahre seiner Strafe. Unzählige amerikanische Reporter besuchten ihn in dieser Zeit, in der Hoffnung, von ihm doch noch ein Geständnis, vor allem seiner Verbrechen auf der »Morro Castle«, zu erhalten. Kein Wort konnten sie aus ihm herausbringen. Rogers begriff nicht mehr, was man von ihm wollte.

Am 10. Januar 1958 starb Rogers an den Folgen eines Schlaganfalles. Die Zeitungen schrieben: »Er sah aus wie ein gütiger, alter Opa, aber er war der Satan in Menschengestalt.« Einer der bekanntesten amerikanischen Journalisten, Thomas Gallagher, veröffentlichte ein Buch über Rogers' Leben mit dem Titel »Fire at Sea«. Darin bezeichnete er Rogers als den perfektesten und skrupellosesten Mörder der Kriminalgeschichte. Auf fünfhundert Seiten dieses Buches erzählte Gallagher, daß Rogers den Kapitän, den Schiffsarzt, die Millionärin ermordet und das Feuer gelegt hatte, aber den letzten Beweis, wie Rogers seine Taten verübt und wo er den Schmuck gelassen hatte, blieb auch Gallagher seinen Lesern schuldig, mußte er ihnen schuldig bleiben, weil George Rogers wohl doch nicht dieser perfekte, skrupellose Mörder war, für den er gehalten wurde.

Am 12. Januar 1959 starb in Venezuela ein Mann, der von sich behauptete, der wirkliche Mörder und Brandstifter auf der »Morro Castle« gewesen zu sein. Seine Sterbeurkunde war auf den Namen Kirk Stevenson ausgestellt, aber sein amerikanischer Paß erwies sich als gefälscht. Dieser geheimnisvolle Mister Stevenson war im Jahre 1934 in geheimer Mission des CIA auf der »Morro Castle« gereist. Er hatte auf dem Schiff die Bekanntschaft der Millionärin Kathleen Morrison gemacht und an den Brillanten der alten Dame bald mehr Gefallen gefunden als an seinem Geheimdienstauftrag. Auf der Rückreise hatte er dann den Schmuck aus dem Safe geraubt, war aber von der Millionärin gesehen worden, als er ihre Kabine verlassen wollte. Sie hatte den Kapitän des Schiffes in Kenntnis gesetzt und verlangt, Stevenson unauffällig zur Rede zu stellen und die Herausgabe des Schmuckes von ihm zu erreichen. Offenbar wollte sie jeden Skandal vermeiden. In seinem bei einem venezolanischen Notar hinterlegten Geständnis – deponiert, um bei Lebzeiten ein Druckmittel gegenüber Nachstellungen des CIA zu haben, wie es in einer beigefügten Erklärung hieß – sagte der Agent weiter:

»Ich war nicht sicher, ob der Kapitän Strafanzeige gegen mich erstatten würde; deshalb mußte ich alle Zeugen meiner Tat aus dem Wege räumen. Ich vergiftete Wilmott, erschoß Kathleen Morrison und später auch den Schiffsarzt, der entdeckt hatte, daß der Kapitän vergiftet worden war. Um alle Spuren zu beseitigen, legte ich dann mit einer Höllenmaschine, die mir für meine Aufträge ohnehin zur Verfügung stand, das Feuer auf dem Schiff ...«

Kann man nun diesem Geständnis Glauben schenken? Oder ist es womöglich nur das Werk eines Spaßvogels, eines Wichtigtuers oder eines Geisteskränken?

Viele, viele Einzelheiten der Verbrechen wurden auch in diesem Geständnis nicht geklärt. Keinerlei Auskunft gibt es über folgende Dinge: Hatte Rogers die Verbrechen an seinem Funkerkollegen Doyle und an den Hummels verübt, oder war auch dies die Arbeit des Geheimdienstes gewesen? Oder hatte nur der Zufall zwei Verbrechenskomplexe aneinandergereiht, die überhaupt nichts miteinander zu tun hatten?

Für die Richtigkeit des Geständnisses spricht allerdings die Tatsache, daß es von der amerikanischen Presse hartnäckig verschwiegen wurde. Außerdem sind solche raffinierten Verbrechen einem im Mordgeschäft geschulten und mit allen Wassern gewaschenen Geheimdienstagenten wohl eher zuzutrauen als einem in kriminellen Dingen ungeübten Funkoffizier! Wer sollte auch im Jahre 1959 noch ein Interesse gehabt haben, sich des lange vergessenen Falles »Morro Castle« zu rühmen?

Der geneigte Leser möge verzeihen, wenn ihm der Chronist am Schluß des Berichtes die letzte Gewißheit doch vorenthalten und die Entscheidung, wer nun der Täter war, selbst überlassen muß, aber die Wirklichkeit ist kein Kriminalroman im alten Stil, bei dem sich auf der letzten Seite alles zum jedermann begreiflichen Ende zusammenfindet.

Der nächste Mord in 47 Minuten

> 750 000 Menschen wurden in diesem Jahrhundert in den USA ermordet, mehr Amerikaner, als bislang in allen Kriegen auf den Schlachtfeldern für Amerika verbluteten. 23,7 Prozent, also 177 750 der kriminellen Morde, blieben ungeklärt ...
>
> News Week, am 23. Oktober 1967

Vor der Bundes-Geschworenenkammer des New-Yorker Stadtteiles Brooklyn hatte sich im Dezember 1967 der neunundfünfzigjährige amerikanische Gangsterboß Josef Bonanno wegen Anstiftung zum Mord, Rauschgifthandels und Bestechung zu verantworten. Trotz der zu erwartenden Todesstrafe befand sich Bonanno auf freiem Fuß; der Haftbefehl war gegen Zahlung einer Kaution von zwei Millionen Dollar außer Kraft gesetzt worden.

Dreizehnmal schon während seiner zweiundzwanzigjährigen Gangsterlaufbahn hatte Bonanno auf der Anklagebank eines Schwurgerichts gesessen. Die Urheberschaft an wenigstens tausend Morden, Rauschgifthandel mit Milliardenprofiten, Bestechung Tausender Polizeibeamter und Politiker war ihm von der Anklage zur Last gelegt worden. Doch immer wieder war Bonanno freigesprochen worden!

Es hatte nie Zeugen gegeben, die im Prozeß gegen ihn Aussagen machten. Jedesmal waren einige Zeugen vorher ermordet worden, und die anderen wagten dann nicht mehr, ihr Wissen über die Verbrechen des Gangsterchefs preiszugeben.

Die vierzehnte Verhandlung vor der Bundes-Geschworenenkammer in Brooklyn schien nicht anders zu verlaufen. Wie die Tageszeitungen meldeten, wurden drei der wichtigsten Belastungszeugen, die in Bonannos Geschäfte eingeweiht waren und seine Verbrechen kannten, vor Prozeßbeginn umgebracht. Bonannos Freundin, Erika Bunne, deren Wohnung in der vornehmen Park-Avenue als Verschiebebahnhof des weitverzweigten Rauschgifthandels diente, verschwand im Oktober 1967 spurlos, als sie ein Taxi bestieg.

Und über den scheinbar raffiniertesten Doppelmord dieser Affäre vermittelten New-Yorker Tageszeitungen ein anschauliches Bild. In Brooklyn fand man Mitte September, in einem Zuckersack verpackt, den Torso eines Mannes. Kopf und Hände fehlten, waren abgehackt worden, um eine Identifizierung des Ermordeten unmöglich zu machen. Dennoch hatte der Mörder einen folgenschweren Fehler begangen. Der Leichnam trug am linken Unterarm eine der Kriminalpolizei gut bekannte Tätowierung: einen kunstvoll in die Haut gepikten chinesischen Drachen von so seltener Schönheit, daß er nur einmal in der Verbrecherkartei, unter der Rubrik »Tätermerkmale«, aufgeführt war. Dadurch fiel die Identifizierung des Toten trotz der fehlenden Hände und des Kopfes den Beamten des Morddezernates nicht sonderlich schwer. Der Ermordete war Billy Kerr, ein langjähriger Vertrauter Joe Bonannos. Überhaupt stand die Aufklärung dieses Mordes unter einem besonders günstigen Stern, schrieben die New-Yorker Zeitungen. Ein Zeuge meldete sich, der gesehen hatte, daß der Torso im Zuckersack von einem korpulenten Mann mit Kamelhaarmantel in einer Chrysler-Limousine zum Fundort geschafft worden war. Sogar die Zulassungsnummer der Limousine hatte sich der Zeuge gemerkt. Keine zwei Stunden später war der Besitzer des Chrysler, und damit der Mörder Billy Kerrs, ausfindig gemacht. Roger Spilsbury hieß er, war achtundvierzig Jahre alt und ebenfalls ein Mann, dessen Name immer wieder im Zusammenhang mit Joe Bonannos Geschäften bei der Polizei notiert worden war. Er gehörte offenbar mit zu Bonannos achthundertköpfiger Mannschaft. Als die Kriminalbeamten ihn in einem kleinen New-Yorker Hotel aufstöberten und festnehmen wollten, empfing er sie mit einem Bleihagel. Nach kurzem Feuergefecht wurde er von den Kriminalbeamten erschossen.

Die »New York Times« meldete:

»Spuren von bleihaltiger roter Mennigefarbe, die an dem Zuckersack wie auch an dem Kamelhaarmantel des in Gegenwehr erschossenen Roger Spilsbury identifiziert wurden, ließen keinen Zweifel daran, daß Spilsbury den Toten im Sack beiseite geschafft hatte. Ob außer ihm, als Auftraggeber oder Mittäter, noch andere Personen an dem Mord beteiligt waren, konnte nicht ermittelt werden.«

Immerhin, danach konnten drei Menschen aus Josef Bonannos engster Umgebung, die gewiß über die Verbrechen des Gangsterchefs informiert waren, im Prozeß keine Aussagen mehr machen.

Josef Bonanno und andere sieben große Gangsterbosse regierten das Verbrechen in Amerika und übten auf das politische und wirtschaftliche Leben des Landes mehr Macht aus als mancher Minister in Washington. Wenige Wochen vor Beginn des Prozesses hatte die amerikanische Fernsehgesellschaft »NBC« in einem sensationellen Bericht enthüllt:

»Das von diesen acht Gangstern organisierte Verbrechertum, wahlweise Cosa Nostra, Mafia oder Syndikat geheißen, stellt die größte wirtschaftliche Macht der USA dar. Der Profit, der aus dem Rauschgifthandel, dem illegalen Glücksspiel, der Prostitution jährlich gezogen wird, beträgt 50 Milliarden Dollar und ist damit größer als die Gewinne der Mammut-Autokonzerne und mehr wert als alle Aktien, die pro Jahr an der New-Yorker Börse gehandelt werden.«

In dem Bericht der »NBC« wurde auch untersucht, weshalb die Macht der Gangsterbosse bis heute ungebrochen ist, und gesagt:

»9 Milliarden Dollar werden nach Schätzungen eines ›Senatsausschusses zur Bekämpfung des organisierten Verbrechens‹ als Bestechungsgelder an Senatoren, Minister, Bürgermeister, Gewerkschaftsführer gezahlt, allein 4,5 Milliarden an die Polizei des ganzen Landes. Diese Summe ist größer als alle Gehälter, die den Polizisten von der Regierung gezahlt werden.«

Diese Macht stolz zur Schau tragend, betrat Josef Bonanno, von der Presse mit dem Spitznamen Bananen-Joe geschmückt, als freier Mann den Gerichtssaal, eskortiert von vier der teuersten und gerissensten Rechtsanwälte Amerikas. Die Anklage des Brooklyner Bezirksstaatsanwaltes wegen Anstiftung zum Mord, Rauschgifthandels, versuchter Bestechung und Erpressung u. a. quittierte er mit einem freundlichen Lächeln.

»Anklagen kann man viel, beweisen muß man das können«, sagte er an der Tür des Gerichtssaales den Pressevertretern und fügte hinzu: »Zählen Sie nach, meine Herren, es ist heute das vierzehnte Mal, daß ich vor ein Geschworenengericht zitiert werde. Dreizehnmal habe ich es als freier, unbescholtener Mann wieder verlassen. Glauben Sie, daß es diesmal anders sein wird?«

Die gleichen Reporter, die in ihren Vorberichten über den Prozeß geschrieben hatten, daß Josef Bonanno die Urheberschaft an mindestens tausend Morden nachgewiesen werden könnte, wenn alle, die darüber Bescheid wüßten, den Mut aufbrächten auszusagen oder noch am Leben wären, lachten amüsiert und klopften ihm anerkennend die Schultern.

Staatsanwalt Kimbell machte in den ersten Verhandlungstagen auch nicht den Eindruck, als sei er von dem Erfolg seiner Anklage überzeugt. Er ließ zwar sechzehn Zeugen auftreten, die redselig bekundeten, daß der Angeklagte der verschwundenen Erika Bunne das teure Appartement in der Park-Avenue gemietet hatte, seit über einem Jahr in der Wohnung ein und aus ginge und überhaupt ein inniges Verhältnis mit der jungen Dame aus Westdeutschland unterhalten habe; auf Bonanno machte das jedoch nicht den geringsten Eindruck. Während der Staatsanwalt umständlich und langweilig die einzelnen Hausbewohner befragte, ob sie den Angeklagten im Straßen- oder im Schlafanzug am Fenster gesehen hätten, wie oft und zu welchen Tages- oder Nachtzeiten er das Haus betreten oder verlassen habe, las Bonanno in Zeitungen, unterhielt sich mit seinen Anwälten oder schlief stundenlang, nur gelegentlich vom Richter mit dem Hinweis gestört, er werde ihn wegen Nichtachtung der Würde des Gerichts zu einer Ordnungsstrafe von 100 Dollar verurteilen. Wie um ihre Daseinsberechtigung in diesem Verfahren unter Beweis zu stellen, erhoben die vier Anwälte dann jedesmal ein großes Geschrei. Es sei verbrieftes Recht eines jeden Amerikaners, riefen sie, vor Gericht zu reden oder zu schweigen, zu weinen oder zu lachen, warum also auch nicht zu schlafen. Sie ereiferten sich, als sei ihr Mandant nicht wegen Mordes angeklagt, sondern ausschließlich wegen Schlafens im Gerichtssaal.

Josef Bonanno wurde erst munter, als Staatsanwalt Kimbell sich an die zwölf Geschworenen wendete: »Warum wohl mag dieser Mann dort, der bald sechzig Jahre alt wird, der dreifacher Großvater ist, dem jungen Mädchen eine so kostbare Wohnung eingerichtet haben? Dieser Mann besitzt in unserem Lande Hunderte Bordelle ... Solch einen Luxus würde er sich nicht leisten. Sie haben hier den Hausmeister, den Hausverwalter, das Reinigungsmädchen gehört. Nicht einen Cent Trinkgeld hat er ihnen jemals gegeben, so geizig ging er mit seinem Gelde um. Er kann uns auch nicht glauben machen, daß er dieses Mädchen besonders verehrt, womöglich gar geliebt hat, mit der letzten, auflodernden Leidenschaft eines späten Liebhabers, der seine Manneskraft verglimmen sieht. Kein Wort davon wäre wahr, denn er hat zur gleichen Zeit in zwölf Städten Amerikas anderen jungen Mädchen gleich kostbare Wohnungen eingerichtet! Er tat das nur, um in diesen Wohnungen seine verbrecherischen Rauschgiftgeschäfte abwickeln zu können. Zu nichts anderem diente auch die Wohnung der Erika Bunne in der Park-Avenue.«

Keineswegs mit der verglimmenden Manneskraft eines Großvaters, sondern außerordentlich rüstig und vital sprang Bonanno nun auf und fuhr den Staatsanwalt mit Donnerstimme an: »Sie wollen mich hier als senilen Opa abstempeln! Das läßt das Gericht zu? Hohes Gericht, ich beantrage, daß dem Staatsanwalt endlich das Wort entzogen und er in eine Ordnungsstrafe genommen wird.« Die allgemeine Heiterkeit, die darauf im Gerichtssaal laut wurde, ließ nicht den Eindruck aufkommen, als sollte einer der gefährlichsten Verbrecher Amerikas auf den elektrischen Stuhl geschickt werden.

Die Stimmung des Prozesses wurde noch gemütlicher, als der Geistliche einer kirchlichen Sekte auf den Zeugenstuhl gerufen wurde. Er sollte bekunden, daß Bonanno ihm und zwölf Predigern ähnlicher Sekten Bestechungsgelder bis zu 5000 Dollar monatlich gezahlt habe, damit sie in ihren Predigten nicht das von Bonanno kontrollierte illegale Glücksspiel »Numbers-Racket« angriffen.

80 Millionen Amerikaner spielten allwöchentlich

»Numbers-Racket«, trugen 150 bis 200 Millionen Dollar in die illegalen Annahmestellen beim Zeitungshändler, Frisör oder Drugstorebesitzer, wohlwissend, daß die Hälfte davon in die Taschen der Verbrecher fließt. Die den Moralpredigern gezahlten Bestechungsgelder waren gewissermaßen indirekte Werbungskosten.

Pater Mitchel, der nicht nur in seiner Kirche, sondern noch in vier der vierzehn oder fünfzehn New-Yorker Fernsehprogramme das Wort zum Sonntag predigte, hatte aus diesem Fonds in den Jahren 1966 und 1967 die Summe von 90000 Dollar unversteuert bezogen. Als Gegenleistung vermied er bei seinen Predigten jedes tadelnde Wort gegen das unselige Spielen im »Numbers-Racket«, ja, er betrieb sogar Schleichwerbung dafür, indem er seinen Zuhörern die Glückszahlen für die kommende Woche prophezeite.

»Von wem haben Sie Ihre monatlichen Gelder erhalten?« fragte ihn Staatsanwalt Kimbell erwartungsfroh. Der kleine weißhaarige Mann im schwarzen Stehkragenanzug blickte erst ein wenig verschämt auf seine Schuhspitzen, bevor er antwortete: »Von Bonanno, Sir!« Sofort erhob sich einer der vier Verteidiger.

»Wie denn, ist der Angeklagte zu Ihnen in die Kirche gekommen und hat Ihnen das Geld gebracht, gegen Quittung mit Unterschrift etwa?«

Der Zeuge sah zum Staatsanwalt hin, als wollte er sich im voraus für seine unbefriedigende Antwort entschuldigen. »Das nicht. Er kam nicht selbst, dazu ist er ja zu fein. Und in die Kirche geht er überhaupt nicht, glaube ich ...«

»Wer kam dann?« unterbrach der Rechtsanwalt seinen Redefluß.

»Einer seiner Leute ...«, sagte der Zeuge.

»Woher wollen Sie denn wissen, daß es einer von Bonannos Leuten war? Hat er Ihnen das gesagt? Wie hieß er überhaupt?« nahm ihn der Verteidiger ins Kreuzverhör.

Der weißhaarige Mann hob bedächtig die Hand.

»Vorgestellt hat er sich nicht. Aber ich wußte, daß er von Bonanno kam. Alle in Brooklyn wissen es, daß solche Männer von Bonanno kommen.«

Der Rechtsanwalt quittierte die Antwort mit einem zufriedenen Lächeln. »So, alle wissen das. Na, danke schön, Herr Zeuge, dann habe ich keine weiteren Fragen.«

Staatsanwalt Kimbell versuchte zu retten, was noch zu retten war. »Sie nehmen also auf Ihren Eid, Herr Zeuge, daß es stadtbekannt war, daß der Angeklagte Bonanno Bestechungsgelder zahlte?«

Dem Zeugen war diese Frage sichtlich peinlich. Verlegen fuhr er mit dem rechten Zeigefinger über den Rand seines Kragens; nickte dann aber tapfer und sagte: »Ja, das war, glaube ich, allen bekannt. Hatte ja auch des öfteren in den Zeitungen gestanden. Sogar im Fernsehen haben sie es neulich gesagt, wenn ich nicht irre...«

Wohl mehr, um dem Gottesmann noch einen guten Abgang vor den anwesenden Zeitungsreportern zu verschaffen, fragte der Richter ihn noch: »Was haben Sie eigentlich mit dem vielen Geld gemacht, Pater Mitchell, haben Sie es für sich verbraucht?«

Der Zeuge hob erschrocken beide Hände.

»Aber nein, Euer Ehren. Keinen Pfennig, das nehme ich auf meinen Eid. Lediglich für caritative Zwecke! Zu meiner Gemeinde gehören nur arme Seelen: Arbeitslose, Kinderreiche, Faulpelze. Nur Menschen, die sich von Gott eine Besserung ihres irdischen Daseins erhoffen, kommen in meine Kirche. Ihnen hab ich ein bißchen unter die Arme gegriffen. Und deshalb hab ich das Geld genommen. Hätte ich sie aufgefordert, nicht im ‚Numbers-Racket' zu wetten, ich hätte in den Wind geredet. Sie spielen ja doch, weil sie jedesmal hoffen, das Große Los zu gewinnen.«

Der Pater wurde in Milde entlassen. Nur wegen Steuerhinterziehung hatte er sich noch einmal vor Gericht zu verantworten, und er ist sicher mit einer geringen Geldstrafe davongekommen. Den Zorn des Gangsterbosses aber brauchte er nicht mehr zu fürchten. Seine Aussage war gewiß nicht dazu angetan, Josef Bonanno auf den elektrischen Stuhl zu bringen.

Dennoch, als die Anklage vollends in Lächerlichkeit zu versinken drohte, kündigte sich eine geradezu sensationelle Wende des aussichtslos scheinenden Prozesses an. Schon die ungewöhnlich scharfen Sicherungsvorkehrungen, die am siebenten Verhandlungstag vor dem Brooklyner Gerichtsgebäude getroffen wurden, deuteten darauf hin. Auf dem Dach des Gerichtsgebäudes bezogen Scharfschützen Posten, den Platz vor dem Gerichtsgebäude schirmte eine Kette von fast hundert Polizisten ab; es durfte nur passieren, wer einen Sonderausweis zum Betreten des Gerichtssaales vorweisen konnte. Kurz vor Beginn der Verhandlung kam es zu einem kuriosen Zwischenfall. Ein angetrunkener junger Mann mit einem Geigenkasten unter dem Arm versuchte plötzlich, die Postenkette zu durchbrechen. Ein Geigenkasten gilt von alters her als höchst verdächtiges Behältnis. Zumindest in Kriminalfilmen befindet sich darin regelmäßig eine schießfertige Maschinenpistole. So dachten wohl auch die Polizisten, die den Verdächtigen mit geübten Griffen entwaffneten. Doch im Geigenkasten lag, was niemand erwartet hatte, eine wirklich echte Holzgeige. Sie gehörte einem Musiker, der sich allnächtlich in einer Bar sein täglich Brot verdiente. Die Polizeikette hatte er nur durchbrechen wollen, um sich den Heimweg abzukürzen.

Durch diesen Zwischenfall war die Aufmerksamkeit der Herumstehenden von der eigentlichen Sensation des Tages abgelenkt worden. Vor dem Gericht war, kaum bemerkt, ein gepanzertes Gefangenentransportauto vorgefahren. Ihm entstiegen zwei etwas verschüchterte Männer, die weder Gefangenenkleidung trugen noch aneinander gefesselt waren und denen überhaupt nicht anzusehen war, warum man sie unter so geheimnisvollem Aufwand hergeschafft hatte. Ein Kordon Kriminalbeamter schirmte sie überdies gegen neugierige Blicke ab und schob sie schleunigst in das Gerichtsgebäude hinein.

Im Verhandlungssaal hatte sich ebenfalls Nervosität wegen des verspäteten Prozeßbeginns breitgemacht. Bonanno tuschelte unruhig mit seinen Anwälten, der Staatsanwalt pendelte unentwegt zwischen der Saaltür und seinem Platz hin und her, selbst der offenbar nicht eingeweihte Gerichtsvorsitzende fragte den Staatsanwalt mehrmals, wann denn nun endlich weiterverhandelt werden könne. Erst als ein Gerichtsbeamter dem Staatsanwalt ein Zeichen gab, erhob sich Kimbell.

»Euer Ehren, ich bitte den verspäteten Beginn der heutigen Verhandlung zu entschuldigen und mir zu erlauben, zwei Männer in den Zeugenstand zu rufen, deren Namen und Existenz dem hohen Gericht bisher von mir mit Rücksicht auf die Sicherheit der beiden Personen verschwiegen werden mußten. Es handelt sich um Billy Kerr und Roger Spilsbury.«

Josef Bonanno und seinen Anwälten blieb keine Zeit, sich von ihrem Schrecken zu erholen. In der Tür des Gerichtssaales erschienen, sorgsam von Kriminalbeamten gegen Attentatsversuche geschützt, der Mann, dessen Leiche nach den Berichten der amerikanischen Zeitungen ohne Kopf und Hände in einem Zuckersack gefunden worden war, und sein angeblich von der Polizei bei der Festnahme erschossener Mörder.

Die Pressevertreter protestierten wütend, weil sie wegen der Sicherheitsvorkehrungen im Gerichtssaal nicht sofort an die Telefone stürzen und die Meldung ihren Redaktionen durchgeben konnten. Staatsanwalt Kimbell bat sie um Verständnis für seine Maßnahmen. Er entschuldigte sich freundlich bei ihnen, nicht nur, weil er sie hinderte, den Saal zu verlassen, sondern auch, weil er ihre Zeitungen mit der Bekanntgabe der Ermordung Billy Kerrs und der Erschießung Roger Spilsburys vorsätzlich getäuscht hatte.

Er sagte dann zu den Geschworenen: »Ich bitte auch Sie, meine Damen und Herren, um Verständnis für mein ungewöhnliches, vielleicht unerlaubtes Handeln. Ich mußte aber so vorgehen, um Ihnen die Möglichkeit zu schaffen, über diesen Angeklagten endlich ein gerechtes und verdientes Urteil sprechen zu können.«

Die vier Anwälte des Angeklagten saßen steif und reglos auf ihren Lederstühlen, Bonanno versteckte sich – lauernd auf seiner breiten Bank – hinter ihren Rücken.

Roger Spilsbury nahm als erster auf dem Zeugenstuhl neben dem Richterpult Platz, legte die Hand auf die Bibel und leistete den vorgeschriebenen Eid, daß er die Wahrheit und nichts als die Wahrheit vor Gericht sagen würde. Dann begann Staatsanwalt Kimbell, ihm seine Fragen zu stellen. »Stimmt es, Herr Zeuge, daß Sie mich im September dieses Jahres in meinem Büro anriefen? Und wann war das genau?«

»Am zwölften September war das. Nachmittags gegen vier Uhr.«

Spilsbury antwortete stockend und mit unsicherer Stimme, das Gesicht starr dem Staatsanwalt zugewandt.

»Weshalb riefen Sie mich an?«

»Ich wollte Sie bitten, sich mit mir an einem neutralen Ort außerhalb New Yorks zu treffen.«

»Weshalb wollten Sie sich mit mir an einem neutralen Ort und nicht in meinem Büro treffen?«

»Ich wollte verhindern, daß unser Zusammentreffen von irgend jemand beobachtet werden könnte.«

»Fand diese Zusammenkunft statt?«

»Ja, noch am Abend des gleichen Tages, gegen einundzwanzig Uhr.«

»Was erzählten Sie mir bei unserem Zusammentreffen?«

Spilsbury zögerte wieder mit der Antwort, griff erst nach einem Glas Wasser, das auf einem Tablett bereitstand, und spülte sich den trockenen Mund aus, ehe er antwortete.

»Ich erstattete eine Anzeige.«

»Gegen wen war diese Anzeige gerichtet?«

»Gegen Bananen-Joe.«

»Gegen den Angeklagten Josef Bonanno, meinen Sie«, übersetzte der Staatsanwalt den Jargon des Gangstergehilfen. Spilsbury nickte zustimmend.

»Und was war der wesentliche Inhalt dieser Anzeige?«

Der Mann auf dem Zeugenstuhl warf erst einen unsicheren Blick zum Angeklagten hin, ehe er überhastet sagte: »Bananen-Joe hatte mir den Auftrag erteilt, Billy Kerr umzulegen ...«

»Was verstehen Sie unter umlegen? Wollen Sie damit sagen, daß Sie Billy Kerr töten sollten?«

Bevor Spilsbury diese Frage beantworten konnte, meldete sich einer der Verteidiger zu Wort.

»Einspruch, Euer Ehren. Der Herr Staatsanwalt stellt Fragen zu einem Vorgang, der nicht Gegenstand dieses Prozesses ist.«

Der Richter nickte dem Anwalt freundlich zu. »Augenblick, Herr Verteidiger.« Dann sagte er zum Staatsanwalt: »Stimmt das, will die Anklage einen Tatbestand zur Sprache bringen, der nicht Gegenstand dieses Gerichtsverfahrens ist?«

Staatsanwalt Kimbell hob entschuldigend die rechte Hand. »Euer Ehren, ich ziehe meine Frage zurück.«

Dann blätterte er ein paar Sekunden in seinen Notizen, als wollte er den Zeugen nun nach ganz anderen Dingen befragen. In Wahrheit überlegte er eine geschicktere Formulierung, die der Verteidiger nicht beanstanden und auf die der Zeuge doch die gewünschte Antwort geben konnte.

Der Richter befahl dem Gerichtsstenografen inzwischen, die zurückgezogene Frage des Staatsanwaltes aus dem Protokoll zu streichen. Dann durfte Kimbell sein Verhör fortsetzen.

»Herr Zeuge, stimmt es, daß Sie vom Gericht eine Aufforderung erhielten, im Vorverfahren zu dem hier zur Verhandlung stehenden Tatbestand Auskünfte zu erteilen?«

Spilsbury nickte folgsam, denn er war vorher von Kimbell mit den Feinheiten der Prozeßtaktik vertraut gemacht worden.

»Ja, das stimmt.«

»Und, haben Sie dieser Vorladung Folge geleistet?«

»Nein, das habe ich nicht getan.«

»Warum haben Sie das nicht getan?«

Spilsbury antwortete nicht, sah Kimbell unsicher an, als wollte er fragen: Darf ich das sagen?

»Sie stehen unter Eid, Zeuge. Sie müssen hier die Wahrheit sagen. Also bitte, warum haben Sie der Vorladung des Gerichts nicht Folge geleistet?«

»Weil Sie es mir geraten hatten«, sagte Spilsbury mutig. Erregter Protest der Verteidiger, Unruhe auf den Zuhörerbänken.

Die Anklagebehörde habe also die ordentliche Durchführung des Vorverfahrens behindert, ein gerechter Urteilsspruch sei dadurch unmöglich gemacht worden, der Prozeß müsse abgebrochen werden, argumentierten weitschweifig die Rechtsanwälte und beantragten Vertagung des Verfahrens.

»Euer Ehren«, begann der Staatsanwalt und erhob sich. »Erlauben Sie mir eine Erklärung abzugeben, die beweisen wird, daß die Anklage nicht die Findung eines gerechten Urteils behindert, sondern erst möglich macht.«

Die Verteidiger protestierten erneut, doch der Richter erteilte Kimbell das Wort. Ungehindert von weiteren Einwänden, konnte er nun vor den Geschworenen schildern, was sich hinter dem geheimnisvollen Scheinmord an Billy Kerr und der angeblichen Erschießung seines »Mörders« Spilsbury durch die Polizei verbarg.

Spilsbury hatte zweifellos von Bonanno den Auftrag erhalten, Billy Kerr vor Beginn des angesetzten Prozesses mundtot zu machen. Aus gutem Grund fürchtete er aber, später selbst umgebracht zu werden, und suchte deshalb durch eine Flucht nach vorn seine Haut zu retten. Er nahm mit Staatsanwalt Kimbell Verbindung auf, riskierte damit zwar, wegen seiner eigenen Verbrechen bestraft zu werden, kalkulierte aber auch ein, daß dem Staatsanwalt an einer Verurteilung des Gangsterchefs mehr gelegen sein würde als an der Abstrafung des unwichtigeren Handlangers.

Kimbell, seit Jahren von dem Ziel besessen, die großen Verbrecher der Gangstersyndikate ihrer Taten zu überführen, nutzte die sich bietende Chance, einen Kronzeugen der Anklage gegen Bonanno zu gewinnen, und verwirklichte sein Vorhaben mit recht ungewöhnlichen Mitteln. Er machte dem zur Ermordung verurteilten Billy Kerr schnell klar, daß ein Scheintod angenehmer sei als eine kostenlose, noch so schöne Beerdigung, und überredete ihn, sich in Schutzhaft nehmen zu lassen. Während Kerr in einem waffenstarrenden Munitionsdepot der Armee Ferien machen durfte, ließ Kimbell ihn gewissermaßen auf dem Papier ermorden. Wissend, daß ein Mann wie Bonanno überall seine Mittelsmänner unterhielt und jederzeit über die Vorgänge in der Polizei informiert wurde, begnügte Kimbell sich nicht damit, Kerrs Ermordung einfach nur der Presse mitzuteilen. Er ließ vielmehr den Mord so exakt vorführen, wie er sich in Wirklichkeit zugetragen hätte. Dabei bediente er sich verschiedener »Mittäter«, denen er mehr vertrauen konnte als Bonanno seinen Gehilfen. Der Chef des Brooklyner Leichenschauhauses stellte ihm eine entsprechend präparierte, unbekannte männliche Leiche zur Verfügung, die ohnehin für die Pathologie der Universität bestimmt war, und ließ sie mit dem chinesischen Drachen tätowieren. Roger Spilsbury transportierte sie in seiner Chrysler-Limousine zum Fundort und benachrichtigte dann telefonisch Bonanno, daß er den Auftrag ausgeführt habe. Auf Weisung des Gangsterbosses wechselte Spilsbury nun seine Wohnung, tauchte in einem drittklassigen Harlemer Hotel unter, nicht ohne Staatsanwalt Kimbell schleunigst seine neue Anschrift zu übermitteln. Derweil erschien am Fundort ein als Milchmann getarnter Mitarbeiter Kimbells, entdeckte den Zuckersack mit der Leiche, alarmierte die Polizei und nannte den Beamten des Streifenwagens die Nummer des Chryslers, der den Sack gebracht hatte. Die Mordkommission wurde alarmiert, Pressefotografen erschienen und knipsten den Leichenfund, und nun lief alles ab, wie es in den Zeitungsberichten nachzulesen war. Roger Spilsbury zitterte unterdessen im Hotel sechs endlose Stunden um sein Leben. Wer würde eher an seine Zimmertür klopfen: Bonannos Revolvermänner, um ihn wirklich zu töten, oder die Beamten der Mordkommission, die ihn in Kimbells Auftrag mit Platzpatronen »niederzuschießen« hatten? Am meisten beunruhigte ihn dabei, daß sein eigener Revolver ebenfalls nur mit Platzpatronen geladen war. Er wußte zwar, daß draußen auf dem Etagenkorridor, als Gäste oder Zimmerkellner verkleidet, Kriminalbeamte zu seinem Schutz postiert waren, doch wer garantierte ihm, daß Bonannos Revolvermänner nicht schneller und genauer schossen? Die sechs Stunden, die Spilsbury bis zum Eintreffen der Mordkommission im Hotel verbrachte, schienen ihm die längsten seines Lebens.

Kurz nach sechzehn Uhr klopfte es an die Zimmertür, und eine Stimme, die Spilsbury nie gehört hatte, befahl: »Öffnen, Polizei!« Spilsbury hatte die letzte Stunde auf dem Bett gelegen und vergeblich versucht, in einem Roman zu lesen, der ihm zufällig in die Hände geraten war. Er fuhr hoch, nahm seinen Revolver vom Nachttisch und wartete, auf der Bettkante sitzend, darauf, daß die Tür zersplittern würde.

Er hatte sich vorhin geirrt: Nicht die sechs Stunden ohnmächtigen Wartens auf das, was nun folgen sollte, waren am schlimmsten, sondern diese letzten Sekunden. War er nicht maßlos dumm gewesen, sich auf solch ein riskantes Unternehmen einzulassen? Wo sollte es denn in ganz Amerika einen Staatsanwalt geben, dem es wirklich gelang, einen Mann wie Josef Bonanno auf den elektrischen Stuhl zu bringen? Die, die es vorher versucht hatten, waren auch nicht dümmer gewesen als Kimbell und hatten es nicht geschafft. War er nicht in eine ganz plumpe Falle gelaufen, hatte Bonanno sich nicht nur einen besonders raffinierten Gag ausgedacht, um ihn vom Leben zum Tode zu befördern? Alles, was er in den letzten Tagen gesagt, getan, gehört hatte, erschien ihm jetzt völlig unsinnig.

Die Tür splitterte immer noch nicht. Und draußen rührte sich auch nichts. Lautlos drehte sich nun der Messinggriff, und dann ging die Tür einen Spalt breit auf. In seiner Angst hatte Spilsbury völlig vergessen, sie zu verriegeln. Ein rundes, freundliches Gesicht mit roten Backen erschien, dann der ganze Kopf, mit einer Polizeimütze bedeckt, und jemand fragte höflich: »Mister Spilsbury?«

Spilsbury nickte sprachlos und erhob sich von der Bettkante, wie man es tut, wenn man Besuch bekommt. Die Tür wurde nun vollends geöffnet. Zwei uniformierte Polizisten und zwei jüngere Männer in Wettermänteln traten unschlüssig ein. Alle vier hatten Pistolen in den Händen, deren Läufe harmlos auf den Fußboden gerichtet waren. Hinter ihnen auf dem Flur war niemand weiter zu sehen. Spilsbury, vor dem

Bett stehend, und die vier Männer im Halbkreis vor der Tür, betrachteten sich gegenseitig, sagten aber kein Wort zueinander. Es sah aus, als wüßte niemand recht, wie es nun weiterzugehen habe.

»Wenn die Männer sagen: Kriminalpolizei, Sie sind verhaftet, dann schießen Sie los«, hatte ihn Kimbell instruiert.

Deshalb wartete Spilsbury auch, bis einer Polizisten das Wort ergriff.

»Kennen Sie einen Billy Kerr?« sagte endlich einer der Zivilisten, und als Spilsbury zustimmend nickte: »Dann müssen Sie mit uns kommen.«

Es war zwar das falsche Stichwort, aber Spilsbury hob dennoch den Revolver, schoß das mit Platzpatronen gefüllte Magazin leer und blieb stehen, bis die Kriminalbeamten wie verabredet zurückgeschossen hatten. Er tastete erst noch seinen Bauch ab, um sicher zu sein, daß er wirklich nicht getroffen war, und ließ sich dann beruhigt auf den abgetretenen Teppich des Zimmers fallen.

Als jetzt draußen auf dem Korridor Stimmen laut wurden und neugierige, von der Schießerei aufgeschreckte Hotelgäste gerannt kamen, gingen die beiden uniformierten Polizisten aus dem Zimmer.

Auf dem Rücken liegend, die Augen geschlossen haltend, hörte Spilsbury, wie sie herumkommandierten und die Leute auf ihre Zimmer zurückschickten. Überraschend sagte plötzlich jemand über ihm: »Sie müssen sich andersherum hinlegen, Sir, mit dem Gesicht auf die Erde, sonst sieht man ja, daß Sie nicht tot sind.«

Spilsbury öffnete wieder die Augen, drehte sich auf dem Teppich um, zog die Oberschenkel etwas an und schob die Hände unter seinen Bauch.

»Ist es so besser?« fragte er.

Der Kriminalbeamte korrigierte seine Stellung noch etwas, plazierte auch den Revolver besser und sagte dann zufrieden: »So sieht es schon echter aus.« Danach ging er zur Tür und rief den draußen wartenden Polizisten laut zu, so daß es auf dem ganzen Flur zu hören war: »Er ist tot, rufen Sie den Leichenwagen.«

Eine halbe Stunde später schleppten zwei kräftige Männer, die nach einem Desinfektionsmittel rochen und graue Arbeitsanzüge trugen, ein sargähnliches Behältnis aus Zinkblech ins Zimmer. Ihnen folgte ein Fotoreporter, dem aber der Zutritt verwehrt wurde. Er durfte nur vom Korridor aus einige Bilder machen, dann wurde ihm die Zimmertür vor der Nase zugeschlagen. Während die Männer in den übelriechenden Arbeitsanzügen eine Zigarette rauchten, berührte einer der Kriminalbeamten Spilsbury an der Schulter und sagte zu ihm: »Stehen Sie auf, und legen Sie sich da in die Molle.«

Es war gar nicht so einfach für Spilsbury, in dem Zinkkasten eine einigermaßen bequeme Stellung zu finden.

»Ziehen Sie die Knie an, und stecken Sie die Arme zwischen die Oberschenkel«, riet ihm einer der Leichenträger. So ging es dann auch. Spilsbury fand recht und schlecht Platz in dem Kasten und schloß wieder die Augen. Die Leichenträger rauchten erst ihre Zigaretten zu Ende, ehe sie den Kastendeckel auf das Unterteil stülpten.

Vorher sagte der Kriminalbeamte noch schnell zu Spilsbury: »Holen Sie lieber noch mal tüchtig Luft, sonst wird sie Ihnen nachher knapp.«

Einer der Leichenträger beruhigte ihn aber: »Im Wagen unten nehmen wir den Deckel wieder ab, sonst liefern wir womöglich doch noch eine Leiche ein.«

Unversehrt erreichte Roger Spilsbury das Brooklyner Leichenschauhaus und konnte es auch schnell wieder durch den Ausgang des Heizungskellers verlassen. Staatsanwalt Kimbell persönlich brachte ihn dann im Lieferwagen einer Schnellwäscherei, zwischen schmutzigen Hemden und Bettlaken kugelsicher versteckt, zu dem Armee-Munitionsdepot, wo er und Billy Kerr bis zum Prozeßbeginn verwahrt wurden, um vor Mordanschlägen geschützt zu sein.

In diesen Wochen legten Kerr und Spilsbury ihr umfassendes Wissen über die Verbrechen Josef Bonannos in einem 420 Seiten langen Bericht schriftlich nieder. Dennoch war dieses einmalige Dokument für Staatsanwalt Kimbell so lange ohne Wert, wie beide ihre Angaben nicht mündlich und unter Eid vor Gericht bestätigt hatten. Daß Bonanno und seine Anwälte das mit allen Mitteln zu verhindern suchten, erfuhr Kimbell schon an diesem siebenten Prozeßtag, kaum daß er seine Erklärung beendet hatte, und noch ehe er weitere Fragen an Spilsbury stellen konnte.

Josef Bonanno sackte plötzlich auf seiner Bank zusammen, ließ den Kopf auf die Brust sinken und begann schrecklich zu röcheln. Der Richter mußte wohl oder übel die Zeugenbefragung unterbrechen und nach einem Gerichtsarzt rufen. Einer der Anwälte protestierte und meinte, das sei nicht nötig, er selbst sei Arzt und könne dem Angeklagten Hilfe leisten.

Dagegen erhob der Staatsanwalt sofort Einspruch.

»Euer Ehren und sehr geehrte Geschworene, bei dem augenblicklichen Stand des Verfahrens ist anzunehmen, daß der Angeklagte wie auch seine Verteidiger darauf bedacht sind, die weitere Vernehmung des Zeugen Spilsbury zu verhindern. Das könnte beispielsweise durch eine Verhandlungsunfähigkeit des Angeklagten erreicht werden, weil nach unserer Strafprozeßordnung das Gericht einen Zeugen nur in Anwesenheit des Beschuldigten anhören darf. Niemand hier im Saal kann bestreiten, daß solch eine Verhandlungsunfähigkeit durch das Einnehmen bestimmter Medikamente vorsätzlich erzeugt werden könnte. Jeder Zeitungs- und Illustriertenleser weiß heute, daß die moderne Pharmazie unzählige Medikamente entwickelt hat, mit denen auch beim gesundesten Menschen ein Herzanfall, Lähmungen der Atemwege, Bewußtseinsstörungen und ähnliche Erscheinungen auszulösen sind. Auch die Herren Verteidiger des Angeklagten sind darüber informiert!«

Während Staatsanwalt Kimbell noch damit beschäftigt war, Richter und Geschworenen alle hinterhältigen Möglichkeiten, einen Prozeß zu verschleppen, mit beredten Worten auszumalen, waren Bonannos Anwälte längst dabei, sie zu praktizieren. Zwei von ihnen erhoben ablenkend schärfsten Protest gegen die, wie sie behaupteten, beleidigenden und verleumderischen Unterstellungen der Anklage und entfachten einen solchen Wirbel, daß der Richter gar keine Entscheidung fällen konnte; die anderen beiden bemühten sich derweil wie die barmherzigen Samariter um ihren offenbar ohnmächtigen Klienten. Sie betteten ihn auf die Anklagebank wie einen Sterbenden, einer zog sein Jackett aus und legte es ihm unter den Kopf, der andere flößte ihm Wasser ein und gab ihm aus einer Schachtel, deren Aufschrift niemand lesen und deren Inhalt keiner so schnell kontrollieren konnte, ein paar Pillen, die der scheinbar bewußtlose Bonanno auch eifrig schluckte.

Gerade, als der Richter seine Entscheidung traf und verkündete: »Dem Einspruch der Anklage wird stattgegeben, der Angeklagte darf nur von einem zugelassenen Gerichtsarzt behandelt werden«, war alles schon geschehen!

Josef Bonanno erhob sich wieder von seiner Bank, wischte sich mit einem Taschentuch über das Gesicht und sagte dann mit leidender Stimme zum Richter: »Vielen Dank, Euer Ehren, ich glaube, ein Arzt ist nicht mehr notwendig. Es geht mir schon wieder besser. Eine kurze Pause noch zum Luft holen, dann kann die Verhandlung fortgesetzt werden.« Mit schleppenden Schritten ging er zur Saaltür, als wollte er sich draußen von seinem Schwächeanfall erholen, blieb dann aber wieder stehen, drehte sich zum Richter um und sagte, leichenblaß im Gesicht: »Mir wird wieder so schwindlig, Euer Ehren, lassen Sie doch lieber einen Arzt rufen.« Dabei griff er sich mit der linken Hand an die Brust, krallte die Finger in den Stoff seines Anzuges und begann beängstigend nach Luft zu japsen. Zwei Polizisten, die an der Tür standen, wollten ihn stützen, konnten aber nicht mehr verhindern, daß Bonanno zusammenbrach und auf den Parkettfußboden des Gerichtssaales aufschlug.

Der Gerichtsarzt stellte einen Herzkollaps fest und ordnete die sofortige Überführung Bonannos in ein Krankenhaus an, weil dort ein Elektrokardiogramm angefertigt und die notwendigen Behandlungsmaßnahmen eingeleitet werden sollten.

Der Richter fragte ihn dazu: »Können Sie sagen, ob es sich um eine ernsthafte Erkrankung handelt oder ob der Anfall nur simuliert ist, Sir?«

Der Arzt – von den Vorgängen im Gerichtssaal unbeeinflußt – fragte ungläubig: »Simuliert? Solch ein schwerer Herzanfall simuliert? Das ist völlig ausgeschlossen, Euer Ehren. Pulsschlag und Blutdruck eines Menschen sind nicht durch subjektive Willensleistungen steuerbar.«

»Kann der Kollaps durch Einnahme von Medikamenten ausgelöst worden sein?« fragte Kimbell nun und drängte sich durch die Schar der Fotoreporter, die Bonanno und den Arzt umringten und ihre Aufnahmen machten.

Dem Arzt leuchtete der Sinn der Frage nicht recht ein. Er bestätigte aber: »Das ist möglicherweise denkbar.«

»Läßt sich die Einnahme solch eines Medikamentes jetzt noch feststellen?« fragte der Richter.

»Durch eine Blutprobe oder Urinuntersuchung sicherlich«, antwortete der junge Arzt.

Kimbell wandte sich nun an den Richter: »Euer Ehren, ich beantrage, daß der Angeklagte wieder in Haft genommen und in der geschlossenen Abteilung des

Polizeihospitals den notwendigen Untersuchungen unterzogen wird. Es ist der Verdacht nicht auszuschließen, daß der Kollaps des Angeklagten vorsätzlich ausgelöst wurde, um den Prozeß zu verschleppen und die Aussagen der wichtigsten Zeugen zu verhindern.«

Die Verteidiger protestierten lautstark gegen den Antrag und forderten erregt, daß mit Rücksicht auf die Gesundheit ihres Mandanten eine Behandlung durch seinen Hausarzt in dessen Privatklinik erfolgen solle.

Der Richter beendete den Streit schnell.

»Der vom Gericht bestellte Arzt hat mir eben die Verhandlungsunfähigkeit des Angeklagten bestätigt. Der Prozeß wird deshalb auf zunächst eine Woche ausgesetzt. Über den von der Anklage gestellten Antrag kann erst nach Fortsetzung der Verhandlung entschieden werden.« Und zum Staatsanwalt gewandt, setzte er hinzu: »Ein Haftbefehl hätte ohnehin nicht erlassen werden können, Sir. Die bisherige Verhandlung hat keine neuen Tatsachen erbracht, die die Beweislage wesentlich verändert hätte.«

Korrekt, nach den Buchstaben der amerikanischen Prozeßordnung, war die Verhandlung gegen Josef Bonanno an dem für ihn gefährlichsten Punkt abgewürgt worden. Ungehindert konnten die Rechtsanwälte ihren Mandanten in die Privatklinik seines Hausarztes schaffen lassen, dessen Diagnosen und Behandlungsmethoden von der Anklagebehörde nicht zu kontrollieren waren. Wie lange Josef Bonanno verhandlungsunfähig sein würde – ein paar Tage, ein paar Wochen, ein paar Jahre womöglich –, war zu diesem Zeitpunkt nicht abzusehen.

Hatte Staatsanwalt Kimbell wieder eine Schlacht gegen das Gangstertum verloren? Den Zeitungsreportern gegenüber, die ihn mit solchen Fragen bestürmten, gab er sich noch immer siegesgewiß.

»Aufgeschoben ist nicht aufgehoben. Spilsbury und

Kerr werden in der nächsten Woche das aussagen, woran sie heute gehindert wurden, und dann bewahrt Bonanno kein Herzanfall und kein anderer fauler Trick mehr vor dem elektrischen Stuhl«, sagte er ihnen gelassen.

Aber konnte Kimbell wirklich noch auf Kerr und Spilsbury als Kronzeugen bauen?

Als die Pressevertreter gegangen und Bonanno abtransportiert worden war, traten beide mutlos und recht bleich im Gesicht an seinen Tisch.

»Keine Sorge, Jungs. In einer Woche geht es weiter, und dann kommt ihr zum Zuge. So was wie heute kann Bonanno sich nicht oft leisten, das hält der gesundeste Körper nicht aus«, versuchte Kimbell ihnen Mut zu machen und lächelte optimistisch.

Beide schüttelten den Kopf, und Spilsbury sagte: »Sir, wir haben uns entschlossen, unsere Aussagen zurückzuziehen. Es stimmt alles nicht, was wir aufgeschrieben haben. Sie haben es ja nun erlebt, daß Sie gegen Bananen-Joe nichts ausrichten können. Lassen Sie uns gehen, wir müssen selbst sehen, wie wir unsere Haut retten können.«

Mit Engelszungen redete Kimbell auf sie ein, sie mögen doch keine Angst haben, sie seien doch vor Bonanno besser geschützt als jeder andere Amerikaner.

»Wie lange wollen Sie uns denn bei der Army verstecken, Sir, bis an unser Lebensende?«

»... bis Bonanno abgeurteilt ist. Und das wird er nächste Woche, wenn ihr gegen ihn aussagt. Das ist so sicher wie das Amen in der Kirche.«

»Selbst wenn Sie es schaffen, daß er auf den elektrischen Stuhl kommt, dann sind noch tausend andere da, die an uns Rache nehmen. Die würden eines Tages doch herausbekommen, wo Sie uns versteckt halten, und dann das ganze Munitionsdepot in die Luft jagen, wenn sie uns nicht anders zu fassen kriegen.«

Die beiden blieben fest entschlossen, nicht vor Gericht gegen Bonanno auszusagen.

»Lassen Sie uns mit Ihrem Panzerauto ein paar hundert Meilen weit wegbringen, dann können wir uns verkrümeln. Und wenn Bananen-Joe erst merkt, daß er von uns nichts mehr zu befürchten hat, wird er uns auch in Ruhe lassen.«

Kimbell hatte schon einen neuen Schachzug überlegt, wohl deshalb stimmte er überraschend dem Plan der beiden zu: »Na gut, ich kann euch nicht halten. Wenn ihr euch unbedingt verdrücken wollt, der Wagen wird euch fünfzig Meilen aus New York rausbringen.«

Die Gangster waren zwar überrascht von dieser schnellen Wende, aber letztlich froh, so einfach davonzukommen. Klüger wären sie gewesen, hätten sie Kimbell mehr Mißtrauen entgegengebracht. Es stimmte nicht, daß er sie nicht halten konnte; in seinem Aktenschrank besaß er ein 420 Seiten langes handgeschriebenes Dokument von ihnen, in dem beide gestanden hatten, was sie alles über Bonannos Verbrechen wußten. Weigerten sie sich nun, darüber vor Gericht Aussagen zu machen, konnte er jederzeit gegen sie Anklage wegen Mitwisserschaft und Begünstigung der Verbrechen ihres Chefs erheben.

Deshalb wurden Spilsbury und Kerr auch nicht fünfzig Meilen von New York weggefahren, um sich verstecken zu können, sondern ins Polizeigefängnis geschafft. Am nächsten Morgen erhielten sie frist- und formgerecht, wie das Gesetz es vorschrieb, ihren Haftbefehl zugestellt. Nun saßen sie vollends in der Zwickmühle. Weigerten sie sich weiter, als Zeugen der Anklage aufzutreten, blieben sie bis zum Prozeß im Polizeigefängnis und waren dort leicht von dem langen Arm des Gangsterbosses zu erreichen; wollten sie aber ihr Leben von der Armee beschützt wissen, mußten sie sich bereit erklären, gegen Bonanno auszusagen. So jedenfalls erläuterte ihnen Kimbell bei der ersten Vernehmung ihre prekäre Lage.

Und dann kam alles anders. Am Morgen des übernächsten Tages erschienen in Kimbells Büro zwei Beamte des amerikanischen Geheimdienstes CIA, wiesen neben ihren Dienstausweisen einen Haftbefehl des Obersten Bundesrichters der USA, Warren, vor. Sie holten Roger Spilsbury und Billy Kerr aus dem Polizeigefängnis und nahmen sie mit sich, ohne Kimbell zu hinterlassen, wo er seine beiden so dringend benötigten Kronzeugen gegebenenfalls erreichen könne. Als Kimbell höflich fragte, welche Gründe zu dieser Verhaftung vorlagen und warum gleich der Oberste Bundesrichter eingegriffen habe, bedeuteten ihm die Herren vom CIA: »Top secret!« Streng geheim! Nur unter dem Siegel der Verschwiegenheit erfuhr Kimbell von ihnen, beide seien in die größte Falschgeldaffäre seit Bestehen der Vereinigten Staaten von Amerika verwickelt. Eine Gangsterbande habe 100-Dollar-Noten von besserer Qualität als die Staatsbank und in einer Menge hergestellt, daß sie die Sicherheit der USA-Währung und damit die Sicherheit des Landes überhaupt gefährdeten. Deshalb sei auch der CIA mit den Untersuchungen betraut worden; alle anderen polizeilichen Interessen hätten dahinter zurückzutreten.

Wer immer jetzt glaubt, nicht die angeblichen 100-Dollar-Noten, sondern die beiden CIA-Beamten aus Washington waren falsch, befindet sich in einem Irrtum! Tatsächlich hatte zu dieser Zeit eines der großen Gangsterunternehmen mit dem Druck hervorragend gefälschter 100-Dollar-Noten begonnen und bereits Scheine im Werte von 50 Millionen Dollar an die Verteilerorganisationen ausgeliefert. Geplant war darüber hinaus die Herstellung von »Blüten« im Werte von 5 Milliarden US-Dollar.

Recht hat allerdings, wer dennoch hinter allem einen Trick Josef Bonannos vermutet.

Um seinen Kopf zu retten und die Belastungszeugen Spilsbury und Kerr dem Einfluß Staatsanwalts Kimbell zu entziehen, verriet Bonanno über Verbindungsleute – wie die amerikanische Presse in ihren Berichten vermutete – das von ihm selbst aufgezogene oder zumindest mit seinem Wissen betriebene Falschgeldunternehmen an den CIA.

Ein paar Bündel »Blüten«, in den Wohnungen Kerrs und Spilsburys versteckt, reichten aus, die beiden Männer dem Geheimdienst in die Hände zu spielen. So jedenfalls stellte sich »News Week« die Zusammenhänge vor. Andere Blätter wurden noch deutlicher: »Ein Mann wie Bonanno hat auch beim CIA seine Helfer sitzen, die für solch einen Tip (gemeint ist der Verrat der Falschgeldaktion) mit Kußhand bereit waren, ihm die beiden gefährlichen Belastungszeugen vom Halse zu halten.«

Wie immer die »Kooperation« zwischen Gangster und Geheimdienst auch gewesen sein mag, auf jeden Fall funktionierte sie vorzüglich. Kaum waren Spilsbury und Kerr vom Geheimdienst verhaftet, erholte sich Josef Bonanno von seinem schweren Herzkollaps. Früher als geplant, nach nur vier Tagen Unterbrechung, konnte die Geschworenenkammer die Verhandlung fortsetzen. Staatsanwalt Kimbell jedoch saß entmutigt vor dem leeren Zeugenstuhl. Die Ladung zur Fortsetzung der Verhandlung hatte seine Zeugen nicht erreicht.

Am 21. Dezember 1967, morgens neun Uhr, verkündete der Sprecher das Urteil der zwölf Geschworenen: »Nicht schuldig.«

Drei Wochen später, am 12. Januar 1968, gab ein Sprecher des Geheimdienstes CIA auf einer Pressekonferenz in New York die Aufdeckung der größten Geldfälscheraffäre Amerikas bekannt:

»Auf dem New-Yorker Kennedy-Flugplatz gelang es Detektiven des CIA, den Rechtsanwalt Joe Lee aus Miami Beach mit 4,7 Millionen Dollar Falschgeld festzunehmen, ehe er sie ins Ausland schaffen konnte! Weitere Mitglieder der Bande sind bereits in Haft genommen worden. Bisher konnte Falschgeld im Werte von 50 Millionen Dollar sichergestellt und das Land vor unübersehbarem Schaden bewahrt werden.«

Eine Hand hatte die andere gewaschen!

Der Freispruch Josef Bonannos war nicht die erste Niederlage Staatsanwalt Kimbells in seinem ungewöhnlich hartnäckigen Kampf gegen das Gangstertum. Vier Jahre zuvor, im Herbst 1963, hatte er eine viel schlimmere Blamage einstecken müssen, obgleich oder vielleicht weil er es geschafft hatte, Beweise zusammenzutragen, die gereicht hätten, allen großen Drahtziehern der Unterwelt mit einem Schlag das Handwerk zu legen. Zu dieser Zeit wurde die amerikanische Öffentlichkeit von der »Affäre Valachi« in Atem gehalten; ein Untersuchungsausschuß der Regierung berichtete wochenlang ausführlich über die Ermittlung und tat so, als sollte diesmal wirklich das Gangstertum mit Stumpf und Stiel ausgerottet werden.

Die Vorgeschichte begann im Mai 1962 mit dem Bau einer neuen Autobahn im Staate Georgia, zehn Meilen von der Stadt Durham entfernt. Ein kleiner ländlicher Friedhof, auf dem seit über zehn Jahren keine Beisetzung mehr stattgefunden hatte, mußte der neuen Straße weichen. Bei der Umbettung der Toten machte man einen seltsamen Fund. In der Gruft einer seit fünfzehn Jahren ausgestorbenen Familie lag die Leiche eines etwa sechzig Jahre alten Mannes in Sträflingskleidung. Deutlich erkennbare Schädelverletzungen verrieten auf den ersten Blick, daß er keines natürlichen Todes gestorben war. Im Gerichtsmedizinischen Institut von Durham stellten die Ärzte fest, daß der Mann etwa sechs Monate vorher umgebracht worden war. Hinweise, wer der Tote sein könnte, fanden sich nicht. Die Gefangenennummer über der Brusttasche der Sträflingsjacke war abgetrennt worden. Identifizierbare Bilder und Fingerabdrücke ließen sich von dem Toten nicht mehr anfertigen, da der Verwesungsprozeß schon zu weit fortgeschritten war. Der Leichenfund wurde der Staatsanwaltschaft in Durham zu weiteren, allerdings aussichtslos scheinenden Ermittlungen überlassen, Stellvertreter des Bezirksstaatsanwaltes war damals der junge, gerade in den Justizdienst eingetretene Henry Kimbell. Die mysteriösen Begleitumstände verschafften dem Leichenfund ein über die Lokalblätter hinausreichendes Presseecho. Der Mörder mußte also schon nach wenigen Tagen wissen, daß seine Tat entdeckt worden war, und konnte sich entsprechend einrichten. Staatsanwalt Kimbell befand sich in einer weniger glücklichen Lage. Er setzte sich mit allen Strafanstalten des Landes in Verbindung; keine vermißte jedoch einen ihrer Insassen. Zur Zeit des Mordes ausgebrochene Sträflinge waren wieder eingefangen worden. Auch den Versuch, an Hand des noch halbwegs erhaltenen Sträflingsanzuges die Herkunft des Kleidungsstückes zu ermitteln, mußte er bald aufgeben. Sträflingsbekleidung war genormt und aus fast einheitlichem Material gefertigt – unmöglich, an Hand eines einzelnen Anzuges festzustellen, wer ihn bekommen hatte. Selbst die Annahme, daß der Ermordete ein Sträfling gewesen war, schien fragwürdig. Der Anzug konnte ihm auch angezogen worden sein, um bei einer möglichen Entdeckung der Leiche die Nachforschungen in die Irre zu führen.

Dennoch hatte sich Kimbell, mehr einem Instinkt folgend als vernünftigen Überlegungen, in die Theorie verbissen, der Mord sei während eines Gefangenentransportes verübt worden. Ein anderer Verbrecher sei an die Stelle des Toten getreten, um dessen vielleicht nur kurzfristige Strafe zu verbüßen. Zeitungsreporter, denen Kimbell bei einem Interview diese Theorie unterbreitete, schrieben zwar begierig mit, lächelten aber ungläubig.

»Gefangenentransporte werden bewacht«, wendete einer ein, »sehr genau sogar, wie kann da einer der Gefangenen unbemerkt ermordet und gegen jemand anders ausgetauscht werden?«

Kimbell lächelte zurück.

»Die Gefangenenwärter können ja mit von der Partie gewesen sein. Einer von ihnen kann sogar den Mord ausgeführt haben, gegen entsprechende Belohnung. Bei uns sind doch schon ganz andere Dinger gedreht worden!«

»Und welches Interesse soll ein Mann haben, für einen anderen hinter Gitter zu gehen und dessen Strafe abzusitzen?«

»Es könnte jemand sein, der wegen Mordes oder Spionage gesucht wird. Im Zuchthaus wäre er vor den Nachstellungen der Polizei sicher. Er würde nach ein paar Jahren unter anderem Namen entlassen werden und wäre ein völlig neuer Mensch.«

»Bei den Gefangenenpapieren sind Fotografien jedes einzelnen. Spätestens bei der Entlassung würde es herauskommen.

»Mein Gott, Sie wissen doch, wie in solchen Büros gearbeitet wird. Wer achtet da schon auf eine Fotografie, wenn sonst alles seine Ordnung hat. Und wie sieht ein Mann aus, der ein paar Jahre hinter Gittern zugebracht hat?«

»Aber sich darauf zu verlassen wäre doch ein unglaubliches Risiko!«

»Wer der Gaskammer oder dem elektrischen Stuhl entgehen will, muß andere Risiken auf sich nehmen.«

»Na schön, und was werden Sie nun unternehmen, um das aufzuklären?«

»Ich bin dabei, alle Gefangenen zu überprüfen, die vor einem halben Jahr in eine andere Strafanstalt verlegt worden sind.«

Die Reporter hielten Kimbells Maßnahmen nicht für

erfolgverheißend, sie waren aber zufrieden, wieder eine interessante Story zu haben. Darauf aber hatte es Kimbell angelegt. Soviel Zeitungen wie nur möglich sollten berichten, daß er alle umquartierten Strafgefangenen überprüfe. Der oder die Mörder des Toten aus der Familiengruft würden dann den Kopf verlieren und Fehler begehen, hoffte er.

Das geschah am 22. Juni 1962 im Staatsgefängnis von Atlanta, der Hauptstadt von Georgia, kurz vor acht Uhr morgens: In langen Reihen machten sich Hunderte Gefangener auf den Weg in die Arbeitshallen. Kurz vor der letzten Kontrolle, bei der ihnen die Kleidung nach Ausbruchswerkzeug abgetastet wurde, zog der sechzigjährige Häftling Elmer Cheasty aus dem linken Jackenärmel ein vierzig Zentimeter langes Rohrstück, lief ein paar Schritte zurück und schmetterte einem Mitgefangenen, dem dreißigjährigen Sidney Potter, das Eisenrohr auf den Schädel. Er hieb dann noch drei-, viermal auf ihn ein, bevor andere Häftlinge ihn packten, überwältigten und den herbeistürzenden Wärtern übergaben. Sidney Potter lag tot auf dem Betonfußboden. Cheasty ließ sich widerstandslos und völlig apathisch zum Anstaltsdirektor führen. Alles, was er zu seiner Tat sagte, war: »Ich weiß nichts. Ich habe plötzlich einen Rappel bekommen und mußte jemanden umbringen. Ich war ganz benommen von dem Gedanken.«

Von dem Mord erfuhr Staatsanwalt Kimbell am nächsten Morgen aus der Zeitung. Es dauerte aber noch eine volle Woche, bis er den Behörden in Atlanta klargemacht hatte, daß der Zwischenfall im Staatsgefängnis in einem Zusammenhang mit dem Leichenfund auf dem Friedhof von Durham stehen könnte, und er die Genehmigung erhielt, Cheasty zu vernehmen.

Der Leiter der Mordkommission in Atlanta hatte sich in langen Verhören vergeblich abgemüht, das wahre Motiv des Mordes aus Cheasty herauszufragen.

»Entweder ist er wirklich verrückt, oder er zieht eine Nummer so gut ab, daß es ihm niemand widerlegen kann. Aber versuchen Sie ruhig ihr Glück. Ich habe keine Lust mehr dazu, mir immer nur die gleichen Sätze anzuhören: Ich weiß nichts. Ich habe einen Rappel bekommen. Ich mußte einen umbringen. Seit sieben Tagen erzählt er uns das, Tag und Nacht; wie ein Grammophon schnurrt er es runter«, empfing er Kimbell und machte ihm wenig Hoffnung, mehr aus Cheasty herauszubekommen.

»Seit wann ist er hier in Atlanta?« fragte Kimbell.

»Seit sieben Monaten. In Albany hatte er für einen Einbruch in ein Warenhaus ein Jahr bekommen. Weil das Gefängnis dort überfüllt war, haben sie ihn hier untergebracht. So ein Blödsinn, Weihnachten wäre er entlassen worden, und da macht er diese Geschichte!«

»Kannte er den anderen?«

»Ach wo! Der ist ihm erst eine halbe Stunde vorher in die Zelle gelegt worden, war bis dahin in einem ganz anderen Block untergebracht und nie mit ihm zusammengekommen.«

In der Personalakte, in der Kimbell jetzt blätterte, fand er Cheastys Identitätskarte. Die Abdrücke seiner zehn Finger waren darauf, sein Paßbild, und als besonderes Kennzeichen war eingetragen: »10 Zentimeter lange Operationsnarbe in der Blinddarmgegend.«

»Haben Sie das überprüft, ist er das?«

Der Lieutenant der Mordkommission hob die Augenbrauen an. »Natürlich«, sagte er nur.

Kimbell griff nach der Akte des erschlagenen Sidney Potter. »Ist bei dem auch alles okay?«

Dem wesentlich älteren Leiter der Mordkommission ging die Fragerei langsam auf die Nerven.

»Sie brauchen unsere Arbeit nicht zu kontrollieren. Das haben schon andere Schreibtischstrategen getan.«

Um den Lieutenant nicht zu verärgern, verzichtete Kimbell zunächst auf weitere Fragen und las lieber in der Akte. Sidney Potter war im Staatsgefängnis von Atlanta gewesen, um eine achtjährige Gefängnisstrafe wegen Totschlags im Affekt zu verbüßen. Er hatte im Streit einen Zuhälter erschlagen. In einer Aktennotiz hatte der Anstaltsdirektor hinzugefügt: »Mehr war Potter im Prozeß nicht zu beweisen. Es besteht aber der Verdacht, daß er Mitglied einer Gang ist und den Zuhälter umgebracht hat, weil dieser nicht die wöchentlichen Abgaben an die Gang entrichten wollte. Es ist zu vermuten, daß Potter während der Strafverbüßung Kontakt mit seinen Auftraggebern herstellen wird. Bei Besuchen Gespräche abhören und mitschneiden.«

Höflicher als zuvor fragte Kimbell: »Entschuldigung, Lieutenant, wie lange war Potter schon im Staatsgefängnis.«

»Steht doch in der Akte. Seit achtzehn Monaten.«

»Ununterbrochen?«

»Ja.«

»Ist er mal umquartiert worden?«

»Ja.«

»Wann denn?«

»Eine halbe Stunde, bevor er in die Hölle fuhr. Vom B-Flügel in den F-Flügel, zu Cheasty in die Zelle.«

Kimbell wagte kaum, noch mehr Fragen zu stellen.

»Haben Sie feststellen können, warum das geschah?«

»Natürlich.«

»Und warum?«

»Potter hatte den Oberaufseher bequatscht, daß er zu Cheasty wollte, weil er den von der Army her kenne. Es mache ihm mehr Spaß, mit einem Bekannten zu sitzen als mit fremden Leuten.«

»Potter ist dreißig und Cheasty noch mal so alt! Wann sollen die beiden denn zusammen bei der Army gewesen sein?«

Der Lieutenant holte erst tief Luft. »So schlau war der Oberaufseher auch, Sir.«

»Und warum hat er ihn trotzdem in Cheastys Zelle verlegt?«

Jetzt war der Lieutenant nahe daran zu explodieren. »Hören Sie, eine Woche lang hab ich mit 'nem Halbstummen palavert. Jetzt auch noch von 'ner Fragemaschine überfahren zu werden übersteigt meine Kräfte! Auf Anweisung des Direktors wurde er in die Zelle gelegt. Da steht doch drin, daß man gern erfahren wollte, ob Potter noch Verbindung zu seiner Gang hat!«

Kimbell wagte es trotzdem noch mal. »War denn Cheasty ein Gangster?«

Da riß dem Lieutenant endgültig der Geduldsfaden. »Nun machen Sie aber mal 'nen Punkt. Eine halbe Stunde später war Potter tot! Wie konnte er mir da noch erzählen, ob Cheasty ein Gangster ist. Sie verlangen aber wirklich ein bißchen viel von einem mittelmäßig bezahlten Kriminalbeamten.«

Vor lauter Verlegenheit nahm Kimbell die beiden Identitätskarten in die Hand, starrte auf die Paßbilder von Potter und Cheasty, als könnte er ihren Augen ansehen, ob einer von ihnen der Mann ist, den er suchte.

Dabei fiel es ihm auf.

Eine der Karten faßte sich anders an: rauher, dicker, schwerer. Irgendwie anders. Er verglich die Karten genauer, legte sie übereinander, drehte sie um – es stimmte. Cheastys Karte war dicker in der Pappe, anders in der Farbe, einen Ton dunkler. Je länger er sie betrachtete, desto mehr Unterschiede stellte er fest.

»Tun Sie mir noch einen letzten Gefallen, Lieutenant«, bat Kimbell mit aller ihm zur Verfügung stehenden Freundlichkeit, »helfen Sie mir festzustellen, ob eine der Identitätskarten hier gefälscht sein kann!«

Eine Identitätskarte ist ein interner Ausweis, der für jeden Häftling ausgestellt wird. Sie begleitet ihn so lange, bis er seine Strafe, in welchem Gefängnis oder Zuchthaus Amerikas auch immer, verbüßt hat. Die

Ausweise sind genormt, auf einheitlichem Karton in Staatsdruckereien gedruckt und mit bestimmten Sicherheitsmerkmalen versehen. Man bekam daher schnell heraus, daß Elmer Cheastys Karte gefälscht war. Außerdem bewiesen die Akten des Gerichts in Albany, daß der Mann, der mit der gefälschten Identitätskarte ins Staatsgefängnis Atlanta übergeführt worden war, nicht Elmer Cheasty sein konnte. In der Akte waren Fotos und Fingerabdrücke, die von dem richtigen Elmer Cheasty bei seiner Festnahme nach dem Warenhauseinbruch gemacht worden waren. Sie hatten keine Ähnlichkeit mit dem Bild und den zehn Fingerabdrücken auf der Identitätskarte.

Lieutenant Davis war jetzt wesentlich freundlicher zu Kimbell.

»Warten Sie, den Burschen kaufe ich mir jetzt. Der muß ausspucken, wer Cheasty umgebracht hat und wie die Karte hier in die Akte gekommen ist, und wenn ich das aus ihm herausprügeln muß.«

»Mir würde zunächst genügen zu erfahren, wer der Mann überhaupt ist. Alles andere wird sich dann schon von selbst ergeben«, dämpfte Kimbell den Elan des aufgebrachten Kriminalbeamten.

Der Lieutenant war nun nicht mehr zu bremsen.

»Kann ich doch nicht auf mir sitzenlassen, daß der mich aufs Kreuz gelegt hat. Eine ganze Woche spielt der mir den Verrückten vor, und dann stellt sich solch ein Ding heraus«, schimpfte Davis und öffnete die Tür zum Vernehmungsraum.

Nach fünf zehnstündigem pausenlosem Verhör, das nicht immer mit polizeilich erlaubten Mitteln geführt wurde, wußte Kimbell, wer sich hinter dem Namen Elmer Cheasty verbarg: Josef Valachi, ein Gangsterveteran aus Al-Capone-Zeiten. Er hatte sich herauf-gedient – oder richtiger: -gemordet –, vom Revolvermann bis zum Steuerberater der heutigen Unterweltskönige, zu denen auch Josef Bonanno gehört. Ihnen hatte er in den letzten zwanzig Jahren die

Bücher geführt und sie davor bewahrt, wie einst Al Capone von den Steuerfahndungsbeamten des Finanzministeriums ins Zuchthaus gebracht zu werden. Die großen Gangster brauchten Polizei und Staatsanwaltschaft nie ernsthaft zu fürchten. Dort hatten sie ihre Leute, und außerdem schützen sie sich dagegen durch Korruption, Mord und Terror. Die jährliche Einkommensteuererklärung jedoch mußte stimmen, darauf hatte noch jede amerikanische Regierung bestanden.

Josef Valachi besaß das uneingeschränkte Vertrauen der Unterweltkönige. Er hatte Einblick in den undurchdringlichen Dschungel ihrer Einkommen aus Verbrechen, Börsenspekulationen, Aktiendividenden und Rauschgifthandel. Ihm überließen sie, daraus Steuererklärungen zu frisieren, die auch den kritischsten Nachprüfungen der Finanzämter standhielten und sie als ehrsame Bürger auswiesen. Nur so konnten sie sich es erlauben, in den vornehmsten Wohngegenden der großen Städte Prunkvillen zu beziehen und in der Öffentlichkeit als angesehene Persönlichkeiten aufzutreten.

Kein Wunder daß sich Valachi auf die Dauer nicht mit den – wenn auch fürstlichen – Honoraren für seine Steuerberatertätigkeit zufriedengab. Er versuchte, selbst ins große Gangstergeschäft einzusteigen, und begann auf seine alten Tage noch mit Rauschgift zu handeln. Doch es fehlten ihm die Beziehungen, das Geld und die Macht, um auf die Dauer vor der Polizei sicher zu sein. Das FBI kam ihm auf die Schliche, er mußte sich verborgen halten und wurde in Abwesenheit zu zehn Jahren Gefängnis verurteilt. Als steckbrieflich gesuchter Verbrecher war er aber für seine Chefs keine Hilfe mehr, sondern eine Gefahr. Sie liquidierten ihn jedoch nicht wie alle die anderen, die zuviel wußten; das verdankte er wohl seiner langjährigen Freundschaft zu ihnen. Auch Mörder haben gelegentlich sentimentale Regungen. Um ihn vor den Nachstellungen der Bundeskriminalpolizei und sich selbst wohl auch vor bedrohlichen Enthüllungen zu bewahren, tauschten sie ihn gegen Elmer Cheasty aus und ließen ihn im Staatsgefängnis von Atlanta verschwinden. Doch als Staatsanwalt Kimbell dem raffinierten Manöver auf die Spur kam, hatte auch Valachis Stunde geschlagen. Sidney Potter, ein Handlanger des Syndikats, erhielt den Auftrag, das Todesurteil an Valachi zu vollstrecken. Er wartete damit eine halbe Stunde zu lange. Valachi hatte im Gefängnis die Zeitungen gelesen und sich ausgerechnet, was folgen würde. Er nutzte die halbe Stunde, die ihm geblieben war, und erschlug seinen neuen Zellengenossen mit dem Stuhlbein eines eisernen Hockers.

Als Staatsanwalt Kimbell ihn fragte: »Woher wußten Sie denn, daß Potter ein Mann des Syndikats war? Sie kannten ihn doch gar nicht«, sagte Valachi: »Ich hätte jeden erschlagen, der neu in meine Zelle kam. Ich wußte, daß es nur einer sein konnte, der mich umbringen sollte.«

Die Aufklärung des Gefängnismordes von Atlanta machte Kimbell ein paar Wochen lang zum populärsten Mann Amerikas. Valachi erzählte ihm freimütig, was er über seine Chefs wußte.

»Ehe sie mich zur Hölle schicken, mache ich reinen Tisch.«

Die Schlagzeilen der Zeitungen landauf, landab überschlugen sich mit Prophezeiungen über das Ende des amerikanischen Gangsterunwesens, und die Kommentare waren sich einig: »Die größte Schande der Nation kann jetzt endlich ausgelöscht werden.«

Doch dann übernahm das FBI die weiteren Ermittlungen, denn die meisten Verbrechen der Gangsterbosse berührten Bundesgesetze und konnten deshalb nicht im Staate Georgia abgeurteilt werden. Es wurde erst mal still um Valachi und um das Ende des Gangsterunwesens.

Zu lesen war nur noch, daß Josef Valachi vom FBI in das Armeefort Monmouth in der Wüste Nebraska gebracht worden sei und dort weiter vernommen werde. Zwölf volle Monate dauerte das, aber nicht einer der großen Gangster, deren Verbrechen Valachi den Beamten der Bundeskriminalpolizei in aller Ausführlichkeit geschildert hatte, wurde verhaftet. Im Gegenteil, die Zeitungen meldeten, daß für Valachis Leiche von interessierten Kreisen 100000 Dollar Belohnung geboten würden.

Erst im Oktober 1963 füllte die »Affäre Valachi« wieder die Spalten. Aber es waren keine Meldungen über Massenverhaftungen und keine Prozeßberichte, sondern Ankündigungen einer einmaligen Supershow im amerikanischen Fernsehen. Justizsenator Robert Kennedy hatte an Stelle eines ordentlichen Schwurgerichts einen Senatsausschuß zur Untersuchung des organisierten Verbrechens damit betraut, Josef Valachi im Weißen Haus in Washington vor den Kameras aller amerikanischen Fernsehstationen öffentlich zu vernehmen.

Die Verleihung der jährlichen Oskarpreise an die beliebtesten Filmschauspieler hätte nicht im entferntesten so viele Menschen an die Bildschirme gelockt wie der Auftritt des leibhaftigen echten Gangsters Valachi. Die Zeitungen schätzten die Zuschaueranzahl auf 80 bis 120 Millionen. Die »New York Times« schrieb sarkastisch dazu:

»Vom Schuljungen bis zur Oma war ganz Amerika um die Fernsehröhren versammelt, um endlich einmal aus berufenem Mund zu hören, wie ein auf seine führende Rolle in der Welt so ungemein stolzes Volk seit vierzig Jahren von ein paar Hunderten skrupelloser Verbrecher terrorisiert, korrumpiert und über Ozeane hinweg blamiert wird ...«

Sehr telegen, in dunklem Maßanzug und mit geschmackvoller Krawatte, ein bißchen wie Jean Gabin und ein bißchen wie Fernandel aussehend, trat Josef Valachi vor die sechzehn Fernsehkameras. Der Saal war mit fast dreihundert Menschen gefüllt, Zeitungsreporter traten den Mitgliedern des Senatsausschusses unter Vorsitz des Justizministers Robert Kennedy fast auf die Füße.

Auf einem Sessel, den vor ihm Präsidenten und Minister gedrückt hatten, nahm Valachi Platz. Dramatisch wie in einem Fernsehkrimi, mit brüchiger Stimme, begann er zu erzählen:

»Ich habe für sie alle gemordet, aber das liegt dreißig Jahre zurück ...«

Dreißig Jahre zurück lag tatsächlich alles, über das Valachi an diesem und zwei weiteren Vernehmungstagen vor dem amerikanischen Volke sprechen durfte. Es ging fast nur um längst verjährte Straftaten, von denen schon Hunderte Male in Zeitungen berichtet worden war. Als endlich einer der würdigen Senatoren zu fragen wagte, was er denn über die Verbrechen der heutigen Gangsterchefs aussagen könne, bedauerte Valachi bescheiden: Darüber habe er ausführlich dem FBI berichtet. Mit Rücksicht auf die laufenden Untersuchungen dürfe er in der Öffentlichkeit dazu nichts sagen.

Die Ausschußuntersuchung des organisierten Verbrechens stellte sich als ein Täuschungsmanöver heraus, mit dessen Hilfe Verbrechen vertuscht, jedoch nicht aufgeklärt werden sollten. Die Untersuchungen des FBI wurden bis heute nicht zu Ende geführt; nicht einer der jedem Kind in Amerika bekannten Gangsterchefs wurde verhaftet, geschweige denn abgeurteilt. Die Akten mit Valachis Aussagen vor dem FBI verschwanden in den Tresoren des Justizministeriums.

Der Tod der Maria Rosalia Nitribitt

Der Tod der Salonprostituierten Maria Rosalia Nitribitt, genannt Rosemarie, wurde der Öffentlichkeit am Morgen des 2. November 1957 aus einer der üblichen Polizeimeldungen in der Tagespresse bekannt. »Blonde Rosemarie ermordet« lautete die Überschrift, und darunter hieß es: »Eine im Frankfurter Nachtleben unter dem Spitznamen ›Blonde Rosemarie‹ bekannte vierundzwanzigjährige Frau ist gestern in ihrer Neubau-Luxuswohnung Stiftstraße 36 erwürgt aufgefunden worden. Die Polizei vermutet, daß die Tat schon vor drei Tagen verübt wurde. Die gutaussehende Frau, die im Telefonbuch ihren Beruf als ‚Mannequin' angegeben hatte, fuhr einen schwarzen Mercedes-Sportwagen mit roter Lederpolsterung und empfing zu nächtlicher Stunde laufend Männerbesuch.«

Der nüchterne, wenige Zeilen lange Bericht ließ noch niemand ahnen, daß damit einer der sensationellsten Kriminalfälle der Bundesrepublik begonnen hatte, daß der größte Gesellschaftsskandal Westdeutschlands auszubrechen drohte, daß ein paar Hundert der reichsten und deshalb angesehensten Männer der Industrie, Wirtschaft und Diplomatie monatelang schlaflose Nächte hatten, daß die Bundesregierung eingreifen würde, um die Aufführung eines Filmes über Leben und Tod der Nitribitt zu verhindern, daß eine Illustrierte, die angekündigt hatte, den Mord auf eigene Faust aufzuklären, den Bericht über die von ihr selbständig angestellten Ermittlungen schon nach wenigen Fortsetzungen abbrechen mußte.

Auch die fünf Beamten der Frankfurter Mordkommission unter Führung des in solchen Mordsachen erfahrenen Oberkommissars Mörschel sahen in dem Fall zunächst nichts weiter als einen der üblichen Prostituiertenmorde, von denen sie im Jahre 1957 bereits drei bearbeitet und einen sogar aufgeklärt hatten.

Alarmiert wurden sie von der Zugehfrau der Nitribitt, der zweiundfünfzigjährigen stellungslosen Schauspielerin Erna Krüger. Nach ihren Angaben hatte sich folgendes zugetragen:

Am Freitag, dem 1. November 1957, wenige Minuten vor siebzehn Uhr, klingelte Erna Krüger an der Tür der Appartementwohnung, die die Nitribitt ein Jahr vorher im Hause Stiftstraße 36 bezogen hatte. Sie tat es mit einigem Zögern. Am Dienstag, dem 29. Oktober 1957, war sie nämlich von der Nitribitt entlassen worden. Sie hatte beim Staubwischen eine Vase zerbrochen und war darüber mit ihrer ungemein geizigen Arbeitgeberin in Streit geraten. Dabei hatte sie Beleidigungen übelster Art einstecken müssen.

Erna Krüger war aber auf die gutbezahlte Stellung angewiesen, deshalb kam sie drei Tage später mit einer neuen Vase und einem Blumenstrauß, die Nitribitt um Entschuldigung zu bitten. Sie klingelte dreimal, aber Rosie, wie sie die Nitribitt vertraulich nannte, öffnete nicht. Aus der Wohnung drang nur das klägliche Jaulen des weißen Pudels Showing. Ein unbestimmtes Gefühl der Unruhe überkam Erna Krüger. Es war unwahrscheinlich, daß Rosie ihren Pudel, den sie wie ein Kind verwöhnte und ohne den sie tagsüber nie ausging, eingesperrt haben sollte.

Gewißheit, daß irgend etwas Außergewöhnliches geschehen sein mußte, bekam Erna Krüger aber erst, als sie in einer Flurnische neben der Wohnungstür drei volle Milchflaschen und drei gefüllte Brötchenbeutel entdeckte. Die Nitribitt bekam jeden Morgen Milch und Brötchen ins Haus gebracht. Also hatte sie seit drei Tagen die Wohnung nicht mehr betreten oder verlassen.

Erna Krüger wußte um das Leben ihrer Arbeitgeberin. Die Nitribitt hatte der Krüger gegenüber kein Hehl daraus gemacht, daß sie einem unzweideutigen Gewerbe nachging. Mehrmals war die Nitribitt von ihr gewarnt worden: »Sei vorsichtig mit den Kerls. Du weißt nie, wen du mit in die Wohnung schleppst.«

Rosie lachte nur über diese Warnungen und prahlte damit, daß zu ihrem Kundenkreis die reichsten Männer der Bundesrepublik gehörten.

Als wieder das jämmerliche Heulen des Pudels durch die Wohnungstür drang, hielt es Erna Krüger nicht länger auf dem Treppenpodest. Sie hetzte die vier Treppen hinunter, stieß am Hauseingang mit einem jungen Mann zusammen, der zwei Etagen unter Rosie wohnte. Aufgeregt erzählte sie ihm von ihren Wahrnehmungen. Der junge Mann versuchte sie zu beruhigen, riet ihr, die Wohnungstür weiter zu beobachten, und rief das Polizeirevier 1 an.

Eine halbe Stunde später traf ein Funkwagen ein, der einen Schlosser mitbrachte. Minuten später war die Tür zur Wohnung der Nitribitt aufgebrochen. Am Ende des acht Meter langen Korridors lag die Tür des Wohnzimmers. Sie war halb geöffnet. Ein penetranter süßlicher Fäulnisgeruch strömte den eintretenden Polizisten entgegen.

Um erkennen zu können, was in dem Wohnzimmer geschehen war, mußten die Beamten das Licht anknipsen. Die dicken Fenstervorhänge waren geschlossen. Ein Beamter warf nur einen kurzen informatorischen Blick in das mit antiken Stilmöbeln eingerichtete Zimmer. Auf der Couch lag eine leblose Frau.

Sie war mit einem Kostüm bekleidet, ihr rechter Arm reichte seitwärts zu einem kleinen Tisch hinüber, auf dem ein weißer Telefonapparat stand.

Der Polizeibeamte schloß die Wohnzimmertür wieder zur Hälfte, so wie er sie beim Eintreten vorgefunden hatte. Es war nicht seine Aufgabe, Untersuchungen anzustellen. Die Frau, die auf der Couch lag, war zweifellos tot. Wie und warum sie gestorben war, ob ein Mord oder ein Selbstmord geschehen war – das aufzuklären war Angelegenheit der Kriminalpolizei.

Draußen auf dem Treppenpodest ließ der Funkwagenführer einen seiner Kollegen als Wache zurück. Zu Erna Krüger sagte er nur: »Bleiben Sie hier bei dem Wachtmeister und warten Sie, bis die Kriminalpolizei eintrifft. Sie werden als Zeugin gebraucht.« Dann polterte er mit seinen schweren Stiefeln wieder die Treppen hinunter.

Als kurz nach achtzehn Uhr endlich die beiden Volkswagen der Mordkommission in der Stiftstraße eintrafen, standen vor dem kleinen Hauseingang schon über hundert neugierige Passanten. Zwei Polizisten bemühten sich, sie daran zu hindern, in das Treppenhaus einzudringen.

Der kleine nervöse Oberkommissar Mörschel bahnte sich und seinen mit Taschen und Fotogeräten beladenen Kollegen eine Gasse durch die Menge. Schon auf dem untersten Treppenabsatz nahm Mörschel den faden, süßen Verwesungsgeruch wahr. Schnuppernd hob er die Nase. »Bestimmt schon 'n paar Tage her«, sagte er zu dem hinter ihm gehenden Oberkommissar Breiter. Dazu wiegte er bedenklich den Kopf hin und her, was wohl bedeuten sollte: Schon schlecht für die Ermittlungen.

Zu der Mordkommission gehörten Oberkommissar Mörschel als Leiter, Oberkommissar Breiter als sein

Stellvertreter, zwei jüngere Beamte des sogenannten Erkennungsdienstes und der Polizeiarzt Dr. Wegener.

Als die fünf Männer das Zimmer, in dem die Tote lag, betraten, nahmen ihnen eine anomale Hitze und der stickige Verwesungsgeruch den Atem. Breiter lief sofort zum Fenster, zog die Übergardinen auf und öffnete einen der großen Fensterflügel. Dr. Wegener machte sich am Zentralheizungskörper zu schaffen und schraubte den voll aufgedrehten Regulatorhebel nach links.

Oberkommissar Mörschel beugte sich indessen über die Tote, verlor dabei aber seinen Hut, den er nach alter Gewohnheit in den Nacken geschoben hatte. Einer der jungen Männer des Erkennungsdienstes hob ihn eilfertig auf, trug ihn hinaus auf den Korridor und hing ihn ordnungsliebend auf einen Haken der Garderobenablage. Er konnte nicht ahnen, welche Verwirrung er damit in die ersten Ermittlungen brachte. Als anderthalb Stunden später der Leiter der Mordkommission die Wohnung verließ, die weitere Tatortuntersuchung seinen Mitarbeitern überlassend, vergaß er seinen Hut. Wie in einer Kriminalkomödie wurde dann auch die Kopfbedeckung des Oberkommissars Mörschel in den Tatortbefundsbericht aufgenommen und in die ersten Ermittlungen einbezogen.

»Der letzte Besucher der Nitribitt muß ihn vergessen haben, vermutlich also ihr Mörder«, folgerte scharfsinnig Oberkommissar Breiter, ließ den Hut seines Chefs, ein Allerweltsexemplar, fotografieren und übergab das Bild der Presse, um von der Öffentlichkeit Hinweise über den Besitzer des Hutes zu erhalten. Später hätte er sich deswegen selbst ohrfeigen mögen. Zweihundertsechsundfünfzig Hinweise gingen am nächsten Tag bei der Mordkommission ein. Hundertsechzehn dieser Hinweise mußten die Beamten auch mühsam überprüfen, weil dem rechtmäßigen Besitzer der Kopfbedeckung erst zwei Tage später auffiel, daß es sein eigener Hut war, nach dem seine Kollegen fahndeten. Die Panne mit dem Hut des Oberkommissars war beileibe nicht der einzige Fehler, der den Beamten der Mordkommission während der Tatortuntersuchung unterlief. Für die genaue Angabe der Todesstunde war die Feststellung der im Zimmer herrschenden Temperatur von entscheidender Bedeutung. Der Grad der Leichenverwesung zusammen mit der in der Wohnung herrschenden Hitze erlaubte dem Gerichtsmediziner festzustellen, wann bei der aufgefundenen Frau der Tod eingetreten war. Oberkommissar Breiter hatte jedoch als erstes das Wohnzimmerfenster geöffnet und die kalte Novemberluft einströmen lassen. Erst fast eine Stunde später kam ihm der Gedanke, die Zimmertemperatur zu messen. Weiterhin konnte die Zugehfrau Erna Krüger die nach ihren Behauptungen vor der Wohnungstür gefundenen Milchflaschen und Brötchenbeutel leeren, während die Polizeibeamten in der Wohnung ihre Untersuchungen anstellten. Wie sie angab, trank sie die Milch und aß sie die Brötchen auf, weil sie so aufgeregt war. Es gab danach keinen Beweis mehr, daß tatsächlich drei volle Milchflaschen und Brötchenbeutel vor der Wohnung gestanden hatten, also die Nitribitt schon vor drei Tagen ermordet worden war. Ebensogut konnte sie die leeren Flaschen und Beutel vor die Tür gestellt und noch am Morgen des 1. November gelebt haben. Welchen Grund allerdings die Zugehfrau gehabt haben sollte, falsche Aussagen zu machen, war zu diesem Zeitpunkt der Ermittlungen noch nicht zu erkennen. Deshalb nahm der Oberkommissar die Geschichte auch nicht weiter wichtig. Für den Ausgang des Falles Nitribitt waren diese Fehler jedoch von entscheidender Bedeutung.

Sonst aber lief die Tatortuntersuchung mit der üblichen Routine ab. Die Leiche der Nitribitt und die Zimmereinrichtung wurden aus allen vorgeschriebenen Perspektiven fotografiert. Oberkommissar Mörschel zog auch gleich die entsprechenden Schlußfolgerungen. Die Tote war mit einem Kostüm bekleidet, also vollständig angezogen; somit war an ihr kein Sittlichkeitsverbrechen verübt worden. Der wertvolle Perserteppich, der vor der Couch lag, war verschoben und ein Chippendalesessel umgeworfen worden – also hatte zwischen dem Mörder und seinem Opfer ein erbitterter Kampf stattgefunden. Dafür sprach auch eine klaffende Wunde am Hinterkopf der Toten sowie ihr in Richtung Telefon ausgestreckter Arm.

Nach dem Tatortfotografen gingen die Fingerspurenspezialisten ans Werk. Sie fanden reiche Beute, darunter ein später ungemein wichtiges Indiz. In der Küche entdeckten sie ein Schnapsglas und eine Schnapsflasche ausländischer Herkunft. Während auf dem Glas Fingerabdrücke zu erkennen waren, die wohl von jemand hinterlassen worden waren, der aus dem Glas getrunken hatte, fand sich auf der Flasche nicht die geringste Spur eines Fingerabdruckes. Sie mußte gründlich von derartigen Spuren gesäubert worden sein. Der teure, wenn auch wenig geschmackvolle Prunk, mit dem die Wohnung ausgestattet war, überzeugte Breiter hinreichend, daß der Mörder getötet hatte, um sich in den Besitz erheblicher Werte zu setzen. In dieser Überzeugung wurde Oberkommissar Breiter jedoch überraschend von seinem Chef enttäuscht. Oberkommissar Mörschel holte, ohne lange danach suchen zu müssen, aus dem Plattenfach des Musikschrankes eine Schmuckkassette hervor, die mit drei goldenen Armbändern und mehreren kostbaren Ringen gefüllt war. Breiter beeindruckte das zunächst wenig. »War eben ein mit allen Wassern gewaschener Täter, der wußte, daß Schmuckabsetzen viel zu gefährlich ist und kaum den zehnten Teil des wirklichen Wertes einbringt. Der Kerl hat Bargeld gesucht!«

Mörschel zeigte daraufhin dem Oberkommissar eine Krokodillederhandtasche, die allein etwa tausend Mark wert war, öffnete sie und entnahm ihr ein Bündel wahllos hineingestopfter Geldscheine.

»Und warum mag er das wohl zurückgelassen haben? Sind mindestens dreitausend Mark!«

»Hat er vielleicht übersehen in der Eile. Wer vermutet schon in der Handtasche so viel Geld?«

»Aber Breiter, der Täter hatte Zeit genug, die Wohnung in aller Ruhe zu durchsuchen. Die Tasche lag offen in dem Sessel da ...«

»Vielleicht hat er woanders so viel gefunden, daß er gar nicht erst weitergesucht hat. Es stinkt doch hier förmlich nach Geld.«

Oberkommissar Mörschel schüttelte den Kopf und gab die Tasche einem seiner Assistenten zur Aufbewahrung. Er kannte seinen Stellvertreter und wußte, daß Breiter, hatte er sich erst einmal etwas in den Kopf gesetzt, nicht so leicht vom Gegenteil zu überzeugen war.

Während Breiter wortlos und offensichtlich beleidigt das Wohnzimmer nach weiteren Spuren absuchte, machte sich Mörschel daran, die übrigen Räume der Wohnung zu inspizieren. Es lag an der Aufteilung der Räume, daß er dabei gleich ins Schlafzimmer gelangte. Mörschel blieb einen Moment verblüfft stehen, nachdem er die Tür geöffnet hatte. Der Raum wurde von einem riesigen französischen Bett beherrscht, das in der Mitte stand und über die Hälfte des Zimmers einnahm. Es war bedeckt mit einer blauseidenen Brokatdecke und schien seit Tagen nicht benutzt worden zu sein.

Rechts vom Bett stand ein niedriges Nachtschränkchen, auf dem sich ein weißes Telefon und ein kostbarer Bilderrahmen aus rotem Saffianleder befanden. Das Bild in jenem Rahmen, das einen Mann darstellte, weckte sofort Mörschels Interesse. Das Gesicht kam ihm irgendwie bekannt vor, ohne daß er sagen konnte, woher. Doch als er an den Nachttisch herantreten wollte, hielt ihn wütendes Hundegebell auf. Unter dem Bett hatte sich der weiße Modepudel der Nitribitt verkrochen. Als er die Beine des Oberkommissars auf sich zukommen sah, begann er erregt zu kläffen.

Mörschel beugte sich zu ihm hinunter, zog ihn unter dem Bett hervor, nahm ihn auf den Arm und redete ihm beruhigend zu.

Dann brachte er ihn aus dem Zimmer und übergab ihn einem der auf dem Flur postierten Polizisten.

Wieder im Zimmer, suchte der Oberkommissar den Fußboden des Schlafzimmers nach Spuren ab, die ihm Aufschluß geben sollten, ob der Pudel längere Zeit eingesperrt gewesen war.

So emsig Mörschel auch suchte, er fand nicht das kleinste Pfützchen eines hündischen Rührens. Ohne jedoch zu ahnen, welche Schwierigkeiten ihm im weiteren Verlauf des Falles diese kuriose Feststellung bereiten sollte, stellte er die Suche wieder ein. Das Bild auf dem Nachtkästchen fesselte erneut sein Interesse. Er wußte, daß er den Mann auf dem ledergerahmten Bild kannte, aber es fiel ihm nicht ein, wer es war.

Irgendein Mann, den er schon in der Zeitung abgebildet gesehen hatte, ein Sportler, ein Filmschauspieler, ein Politiker ... Er kam jetzt nicht darauf. Ein paar Minuten später las Mörschel schwarz auf weiß, wen das Bild im Lederrahmen darstellte. In einem kleinen geschmackvollen Notizkalender, den er aus der Schublade des Nachtkästchens herausholte, stand sein Name vermerkt. Es war nicht der einzige Name, der in dem Buche verzeichnet war. Ein Dutzend Namen las Mörschel noch, und mindestens die Hälfte davon waren ihm ebenfalls aus der Zeitung bekannt.

Dieses kleine, unscheinbare Notizbuch, das Bild im Lederrahmen und einige Dutzend weiterer Fotografien von Männern im sogenannten besten Alter, die

Mörschel dann noch im Schlafzimmer aufspürte, waren es, die den Tod der Prostituierten Nitribitt über einen gewöhnlichen Mordfall hinaushoben und ihn über das Jahresende hinweg zur Schlagzeilensensation, zum größten Gesellschaftsskandal der Bundesrepublik machten.

Doch der äußerlich unscheinbare Oberkommissar war ein intelligenter und ehrgeiziger Beamter. Er besaß Weitblick und politisches Fingerspitzengefühl und erkannte schnell, welch hochexplosiven Sprengstoff er mit diesem Beweismaterial in Händen hielt. Richtig ausgewertet, könnten diese Dinge ihm den Weg in die höhere Beamtenlaufbahn, hinauf zum Kriminalinspektor, zum Kriminaldirektor, zum Regierungsrat womöglich, ebnen helfen. Falsch angewendet, indiskret behandelt, der Presse, der Öffentlichkeit zugänglich gemacht, konnten sie ihm aber genauso schnell die gesamte Karriere kosten.

Deshalb behandelte Mörschel Notizbuch, Bilderrahmen und Fotosammlung wie ein Staatsgeheimnis. Er unterrichtete seinen Stellvertreter Breiter nur oberflächlich, daß er im Schlafzimmer ein Notizbuch, einen Lederrahmen mit Bild und einen Karton, der fünfundzwanzig Fotografien vermutlich von Bekannten der Ermordeten enthielt, beschlagnahmt habe.

Der schwerfällige Oberkommissar gab sich damit zufrieden. Der Vorschrift, nach der alle am Tatort gefundenen Gegenstände ins Protokoll aufgenommen werden mußten, war Genüge getan. Im übrigen war Breiter froh, daß ihm der Chef auch einmal Arbeit abnahm.

»Mich braucht ihr dann ja fürs erste nicht mehr, was? Ich will mal gleich ins Präsidium, Kriminaldirektor Kalk Meldung machen«, verabschiedete sich Mörschel überraschend von den anderen Mitgliedern der Kommission und verließ eiligst das Zimmer.

Erst später begriff Breiter, warum sein Chef es so

ungewöhnlich eilig gehabt hatte, zu Kriminaldirektor Kalk, dem Chef der Frankfurter Kriminalpolizei, zu kommen.

Am Abend des 1. November 1957 brummte er nur mürrisch: »Was will denn der noch beim Alten? Der ist doch gar nicht mehr im Präsidium.«

Der so in Eile befindliche Leiter der Mordkommission aber wurde auf dem Treppenpodest von der ungeduldig wartenden Zugehfrau Erna Krüger aufgehalten. Entrüstet verstellte sie ihm den Weg. »Dat is aber keene Art, Herr Kommissar, mich hier über 'ne Stunde auf der kalten Treppe herumsitzen zu lassen, dat geht ja nun wirklich zu weit ...«

Mörschel blieb stehen. »Entschuldigen Sie, aber wer sind Sie eigentlich?«

»Die Frau, die den Mord an Fräulein Nitribitt entdeckt hat«, sagte Erna Krüger mit hörbarem Stolz, als hätte sie eine vaterländische Tat vollbracht.

Grell aufflammende Blitzlichter ließen den Oberkommissar erschrocken herumfahren. Auf den Stufen der nach unten führenden Treppe hatte schon ein halbes Dutzend Pressefotografen Stellung bezogen; die ließen die Gelegenheit, den Leiter der Mordkommission mit der Entdeckerin des Mordes aufs Bild bannen zu können, nicht ungenützt verstreichen. Die Hände schützend vor sein Gesicht haltend, fuhr Mörschel sie erregt an. »Bitte stellen Sie sofort die Fotografiererei ein, meine Herren, oder ich lasse Ihre Filme beschlagnahmen.«

Unbeeindruckt knipsten die Reporter; sie räumten erst die Treppenstufen, als der vor der Wohnung postierte Wachtmeister sie gewaltsam hinunterdrängte und dabei einem der Fotografen die Kamera aus der Hand schlug.

Mörschel hatte inzwischen die Aufwartefrau beim Arm genommen und in die kleine Küche der Wohnung geführt. »Sie haben die Tote entdeckt?« fragte er erstaunt. Erna Krüger nickte lebhaft und erzählte dann in aller Ausführlichkeit, warum sie ins Haus gekommen wäre, wie viele Male sie an der Tür geklingelt hätte, daß sie sofort Unheilvolles geahnt und wie oft sie die Nitribitt gewarnt hätte, fremde Männer mit in die Wohnung zu nehmen.

Der Oberkommissar schloß erst die Küchentür, ehe er der Frau die erste Frage stellte.

»Sie kannten die Tote gut?«

»Und ob, ich war ja fast täglich hier.«

»Sind Sie mit ihr verwandt?«

»Ich habe ihr die Wohnung in Ordnung gehalten, seit über einem Jahr.«

Mörschel zog ein Notizbuch aus der Tasche.

»Ach, dann nennen Sie mir doch bitte Ihren Namen und Ihre Wohnung.«

Bereitwilligst nannte Erna Krüger Namen, Alter und Adresse, fügte noch geschwätzig hinzu: »Eigentlich habe ich es gar nicht nötig, als Aufwartefrau zu gehen, Herr Kommissar. Von Beruf bin ich nämlich Schauspielerin, aber Sie kennen ja sicher die heutige Theatermisere. Es werden ja nur junge Dinger engagiert.«

Mörschel nickte höflich, unterbrach dann ihren Redeschwall. »Sie werden noch ausführlich vernommen, Frau Krüger, jetzt beantworten Sie mir bitte nur ein paar informatorische Fragen.«

»Bitte«, sagte Erna Krüger enttäuscht.

Der Oberkommissar bat sie, auf einem Stuhl Platz zu nehmen, setzte sich selbst auf die Kante des Küchentisches. »Wann haben Sie die Tote, das Fräulein Nitribitt, zum letzten Mal gesprochen, Frau Krüger?«

»Am Dienstag, am neunundzwanzigsten also.«

»Um welche Zeit, wissen Sie das noch?«

»Ganz genau sogar. Punkt elf Uhr war ich hier, wie jeden Tag. Vor elf durfte ich ja nie kommen, weil Rosie immer so lange schlief. Ich habe Ordnung gemacht, die Teppiche gesaugt und im Wohnzimmer

Staub gewischt. Um drei hat mich Rosie dann nach Hause geschickt, weil sie Besuch erhielt. Pohlmännchen kam.«

Mörschel notierte sich umständlich die Angaben, fragte weiter: »Pohlmännchen, wer ist denn das?«

»Ja, wie soll ich Ihnen das beschreiben? Rosies Vertrauter ist es. Ihr Freund, aber nicht ihr Liebster, Herr Kommissar.«

»Na gut! Kennen Sie seinen vollständigen Namen, seine Anschrift?«

»Heinz Pohlmann heißt er. Das ist eigentlich alles, was ich von ihm weiß. Er wohnt hier in Frankfurt, aber die Straße kann ich Ihnen auch nicht sagen.«

Mörschel setzte hinter dem Namen Pohlmann ein großes Fragezeichen in sein Notizbuch.

»Schön, das wird sich herauskriegen lassen. Sie sind also gegangen, als dieser Herr Pohlmann kam?«

»Nicht, weil Pohlmännchen kam, Herr Kommissar. Rosemarie erwartete noch einen anderen Besucher. Sie sagte auch zu Pohlmännchen, daß sie wenig Zeit hätte.«

»Kennen Sie den anderen Besucher, den sie erwartete?«

»Nein, war wohl einer der üblichen Besucher. Er hatte um zwei Uhr angerufen, und ich hörte, wie Rosie sagte: ... aber nicht länger als eine halbe Stunde.«

»Hatte sie noch etwas anderes vor?«

»Keine Ahnung.«

»Sie gingen also um fünfzehn Uhr?«

»Ja.«

»Und waren seit Dienstag nicht mehr hier?«

»Nein.«

»Aber Sie sagten doch, daß Sie fast täglich hier waren.« Erna Krüger nestelte an ihrer Einkaufstasche, öffnete sie und holte zwei in Papier eingewickelte Gegenstände heraus. Vorsichtig wickelte sie das Seidenpapier auf und legte drei zusammengebundene Nelken und eine kleine Kugelvase aus Rauchglas auf den Küchentisch. Dann erst erzählte sie von dem Streit um die zerbrochene Vase und von der fristlosen Entlassung.

»Das machte sie immer, wenn sie wütend war. Diesmal hatte es mich aber sehr gekränkt, und deshalb bin ich die nächsten Tage nicht gekommen. Ich wollte mich schon um eine neue Anstellung umsehen, doch dann tat es mir wieder leid. Darum habe ich die Vase und die Blumen gekauft.«

»Um sie wieder zu versöhnen?«

»Na ja, so ungefähr.«

»Und das war heute nachmittag?«

»Ja, kurz nach fünf.«

Mörschel rutschte von der Tischkante herunter, ging ein paar Schritte in der Küche auf und ab. Als er wieder zum Tisch zurückkehrte, hielt er den ledernen Bilderrahmen in der Hand, den er vom Nachttisch genommen hatte.

»Kennen Sie diesen Mann, Frau Krüger?«

Erna Krüger warf nur einen oberflächlichen Blick auf die Fotografie. »Das ist der Baron.«

»Was für ein Baron? Seinen Namen muß ich wissen.«

Erna Krüger hob die Schultern. »Kann ich Ihnen nicht sagen. Sie nannte ihn nur den Baron. Ist irgend so'n reicher Fabrikbesitzer aus Essen. Mehr weiß ich auch nicht. Rosie prahlte mal, er wäre der reichste Mann Europas.«

»Kannte sie ihn schon länger?«

»Seit ich der Rosie die Wirtschaft führe, kam er zu ihr.«

»Und da haben Sie nie seinen Namen gehört?«

»Ich hab mich nie darum gekümmert. Da hätte ich mir zu viele Namen merken müssen.«

Der Oberkommissar sah sie einige Augenblicke prüfend an, als wollte er von ihrem Gesicht ablesen, ob sie ihm die Wahrheit gesagt hatte. Dann zeigte er ihr die anderen beschlagnahmten Fotografien. »Kennen Sie diese Männer hier?«

»Flüchtig, aber auch nicht mit Namen.«

»Gehörten sie ebenfalls zu dem Freundeskreis der Nitribitt?«

»Sonst hätte sie die Bilder nicht aufgehoben.«

Wie ein Kartenspiel schob Mörschel die Fotografien wieder zusammen und steckte sie in die Tasche. Es schien, als wollte er die Unterhaltung damit beenden. Erna Krüger erhob sich auch von dem Küchenstuhl, griff nach der Blumenvase und den Nelken.

»Ja, mehr kann ich Ihnen wirklich nicht sagen.«

»Augenblick noch, Frau Krüger. Ich muß Sie darauf aufmerksam machen, daß Sie über das, was zwischen uns eben gesprochen worden ist, zu niemandem reden dürfen. Sie würden damit die Untersuchungen gefährden und sich möglicherweise der Begünstigung des Mörders schuldig machen.«

Obgleich der Oberkommissar sehr eindringlich und betont gesprochen hatte, schienen seine Worte auf die Frau wenig Eindruck gemacht zu haben.

Gleichgültig und keineswegs eingeschüchtert sagte sie nur: »Mit wem sollte ich denn darüber sprechen? Wen interessiert das auch, außer der Polizei?« Dabei packte sie ihre Vase und die welk werdenden Nelken wieder in ihre Einkaufstasche zurück. »Kann ich nun gehen, Herr Kommissar?«

Unerwartet schüttelte Mörschel den Kopf. »Leider nein, Frau Krüger, ich muß Sie bitten, mit mir ins Präsidium zu fahren.«

»Jetzt? Aber ich muß noch einkaufen. Die Geschäfte machen doch gleich zu. Ins Präsidium werde ich ja auch morgen vormittag kommen können.« – Erna Krüger war sichtlich verärgert. »Ich kann Ihnen ja auch weiter gar nichts sagen, als Sie ohnehin schon wissen.«

Sie ging zur Küchentür, als hätte sich damit die Aufforderung Mörschels, mit ins Präsidium zu kommen, erledigt.

Der Oberkommissar hielt sie am Arm zurück. »Augenblick noch, Frau Krüger. Ich glaube, Sie könnten mir noch eine ganze Menge mehr als bisher erzählen, wenn Sie nur wollten.«

»Was heißt denn das? Glauben Sie, ich hätte Sie belogen?«

»Zumindest haben Sie mir nicht die Wahrheit gesagt, weshalb die Nitribitt Sie hinausgeworfen hat, Frau Krüger. Die zerbrochene Vase scheint mir kein Grund zu sein.«

»Sie kennen eben die Rosie nicht. Die hat einem bei jeder Kleinigkeit mit der Kündigung gedroht. Das war ich schon gewohnt.«

»Wenn Sie es gewohnt waren, warum sind Sie dann nicht gleich am nächsten Tag zu ihr gegangen?«

Mißtrauisch sah Erna Krüger den Kriminalbeamten an, ging ein paar Schritte in die Küche zurück und stellte entschlossen ihre Einkaufstasche auf den Tisch. Dann holte sie tief Luft und schimpfte los: »Also, so ist das jetzt. Jetzt woll'n Sie mir 'n Strick daraus drehen, daß ich mit der Rosie Krach hatte ...«

Mörschel blieb an der schon halbgeöffneten Küchentür stehen, schloß sie erneut.

»Ich will von Ihnen weiter nichts wissen als: Warum sind Sie nicht schon am nächsten Tag gekommen?«

»Warum, warum? Wenn ich gewußt hätte, daß Sie solch ein Theater machen, wär ich bestimmt am Mittwoch gekommen.«

»Antworten Sie bitte sachlich auf meine Frage, Frau Krüger.«

»Herrgott, das hab ich Ihnen doch schon mehrmals gesagt. Ich war diesmal nicht gut zu sprechen auf die Rosie. Ich wollte mir eine neue Stelle suchen.«

Mörschel kam wieder in die Mitte der Küche zurück, setzte sich auf den kleinen Hocker und sah die Krüger von unten her an. »Offen gesagt, Frau Krüger, ich verstehe Sie nicht. Es war doch nichts Außergewöhnliches vorgefallen zwischen Ihnen und dem

Fräulein Nitribitt. Ärger um eine zerbrochene Vase. Eine Nichtigkeit. Die Nitribitt hatte Sie rausgeworfen, auch nichts Ungewöhnliches, wie Sie selbst sagen. Also, warum wollten Sie dann plötzlich eine neue Stelle annehmen?«

Erna Krüger ließ sich wie erschöpft auf den Küchenstuhl fallen, schlug sich mit der flachen Hand vor die Stirn, eine Geste, als wollte sie sagen: Mann, verstehen Sie denn überhaupt nicht?

Mörschel ließ ihr keine Zeit zu Überlegungen. »Na? Warum wollten Sie die gute Stelle bei der Nitribitt so plötzlich aufgeben, Frau Krüger? Sie haben doch hier bestimmt gut verdient.«

»Ja, ja! Ich wollte die Stelle ja auch gar nicht aufgeben. Ich war nur verärgert, weil die Rosie immer so frech zu mir war, wenn sie sich über irgend etwas geärgert hatte.«

Es brach plötzlich aus der erregten Frau heraus. Sie begann zu zittern und zu weinen und brachte kein Wort mehr hervor.

Mörschel spielte mit einer Gabel, die auf dem Tisch herumgelegen hatte. »Also geben Sie zu, daß Sie sich keine neue Stelle suchen wollten.«

Laut schluchzend widersprach ihm Erna Krüger. »Doch wollte ich mir eine andere Stelle suchen.«

»Dann nennen Sie mir die Adressen der Leute, bei denen Sie sich vorgestellt haben.«

»Aber ich wollte es doch nur. Ich hab mich nirgends vorgestellt. Ich hab nur mal mit dem Gedanken gespielt.«

»Drei Tage lang?«

Erna Krüger war zu keinem Widerstand mehr fähig. Sie legte den Kopf auf den Küchentisch und schluchzte hemmungslos.

Der Oberkommissar änderte seine Taktik. Er stand auf, trat neben sie, legte beschwichtigend seine Hand auf ihre Schulter.

»So, Frau Krüger, jetzt wollen wir mal die Wahrheit

erzählen. Ich kann mir ja vorstellen, wie alles war. Das mit der zerbrochenen Vase ist nur eine Ausrede, die Sie sich zurechtgelegt haben, nicht wahr?«

Erna Krüger richtete sich wieder auf. Aus ihrer Tasche holte sie ein kleines seidenes Taschentuch, mit dem sie sich die Tränen abwischte. Doch sie kam nicht dazu, Mörschel zu widersprechen. Nachsichtig wie ein Vater, der seiner Tochter das Geständnis ihres ersten Fehltritts abzuringen versucht, malte er ihr aus, wie sie die Nitribitt umgebracht haben konnte.

»Ihr Fräulein Nitribitt hatte doch gewiß immer 'ne Menge Geld im Hause und auch Schmucksachen, nicht? Sie verdienten wohl ganz gut bei ihr, aber längst nicht so viel, um sich auch solch kostbare Sachen kaufen zu können. Da haben Sie in einem unbeobachteten Augenblick Geld oder einen Ring genommen. Am Dienstag merkte das aber die Nitribitt, stellte Sie zur Rede, es kam zu einem Streit zwischen Ihnen, zu Handgreiflichkeiten, und dabei haben Sie dann zu einer Vase gegriffen und sie niedergeschlagen. War es nicht so, Frau Krüger? Die Geschichte mit der Wandvase, die haben Sie sich nachher ausgedacht.«

Erna Krüger sah Mörschel starr, wie hypnotisiert an. Der Oberkommissar nickte ihr freundlich zu.

»Geben Sie es lieber gleich zu, Frau Krüger. Wir kommen ja doch eines Tages dahinter. Und bis dahin haben Sie keine Sekunde Ruhe. Sehen Sie, nebenan sichern meine Kollegen gerade die Fingerabdrücke, die in der Wohnung hinterlassen wurden. Sie untersuchen auch den Gegenstand, mit dem die Nitribitt erschlagen wurde. Sie finden das Blut daran und natürlich auch Ihre Fingerabdrücke. Wollen Sie dann noch immer leugnen?«

Erna Krüger starrte Mörschel unbewegt an. Ihre Lippen zitterten, aber sie brachte kein Wort heraus.

»Wenn Sie mir jetzt die Wahrheit sagen, Frau Krüger, hört sich doch alles ganz anders an. Dann sieht man, daß Sie Einsicht zeigen und Reue. Man kann die

Tat ganz anders beurteilen, vielleicht als Totschlag im Affekt. Sie sind gewiß eine unbescholtene Frau, man wird Ihnen mildernde Umstände zubilligen. Ein Engel war die Nitribitt wirklich nicht. Da werden die Geschworenen Nachsicht mit Ihnen haben.«

Mörschel beherrschte sein Handwerk. Seine Worte waren voller Nachsicht und Verständnis. Er legte es der Frau geradezu in den Mund zu sagen: Ja, so war es!

Wie aus einem Alptraum erwachend, schüttelte Erna Krüger plötzlich den Kopf. »Aber was erzählen Sie mir denn da? Ich kann sie gar nicht umgebracht haben. Pohlmännchen kam doch noch. Er blieb bei ihr, wie soll ich denn da ... Nein, ich war es nicht!«

Der Oberkommissar nickte ihr wohlwollend zu. »Das reden Sie sich nur ein, Frau Krüger. Sie möchten, daß es so war, aber in Wahrheit gibt es diesen Pohlmann nicht. Wir werden morgen alle in Frankfurt lebenden Männer, die so heißen, vorladen, und dann wird sich herausstellen, daß keiner von ihnen die Nitribitt kannte, geschweige denn bei ihr war. So, und nun fahren wir ins Präsidium und unterhalten uns dort weiter.«

Erna Krüger ließ sich widerstandslos von Mörschel aus der Küche führen. Wie betäubt ging sie neben dem Oberkommissar die Treppen hinunter, vorbei an den noch immer wartenden Fotoreportern. Sie schien gar nicht zu merken, daß sie fotografiert wurde und daß sich die Leute unten vor dem Hause zuraunten: »Sie haben schon die Mörderin. Die Aufwartefrau war es!«

Mehr wollte der routinierte Oberkommissar Mörschel mit der vorläufigen Festnahme der Aufwartefrau Erna Krüger zunächst auch nicht erreichen, wie er später selbst eingestand. Es sollte nicht erst zu Gerüchten kommen, der Tod der Nitribitt könnte irgendwelche geheimnisvollen Hintergründe haben. Die Öffentlichkeit sollte den Eindruck gewinnen, die

Mordsache Nitribitt sei ein Fall wie hundert andere auch, und man sollte möglichst schnell das Interesse an ihm verlieren.

Die Aufwartefrau Erna Krüger wurde nach einer ausführlichen protokollarischen Vernehmung im Polizeipräsidium am gleichen Abend wieder nach Hause geschickt. Anlaß dazu waren unter anderem die Ermittlungen, die der Oberkommissar Breiter in den Abendstunden angestellt hatte. Er hatte die Bewohner des Hauses Stiftstraße 36 vernommen und allen die Frage gestellt: »Wann haben Sie die Nitribitt zum letzten Mal gesehen?«

Eine sechsundvierzigjährige Sekretärin, die im ersten Stock wohnte, bekundete, sie am Dienstag, dem 29. Oktober, nachmittags zwischen sechzehn Uhr dreißig und siebzehn Uhr dreißig, vor der Haustür gesehen zu haben. Auf eine genauere Zeitangabe wollte sie sich nicht festlegen.

Dazu paßte die Angabe der Verkäuferin einer im Hause befindlichen Schlächterei. Bei ihr hatte die Nitribitt am 29. Oktober zwischen sechzehn Uhr dreißig und siebzehn Uhr Leber für ihren Pudel Showing gekauft. Zwei Maschinensetzer einer Zeitungsdruckerei, deren Gebäude sich direkt gegenüber dem Hause Stiftstraße 36 befindet, sagten übereinstimmend, sie hätten die Nitribitt am Abend des 29. Oktober zwischen einundzwanzig Uhr dreißig und zweiundzwanzig Uhr gesehen, als sie ihre Wohnung verließ. Die wichtigste Aussage machte eine Hausbewohnerin, deren Wohnung unter dem Nitribittschen Appartement liegt. Sie sagte: »Es war am Mittwoch, dem 30. Oktober, mittags zwischen dreizehn Uhr dreißig und vierzehn Uhr. Da hörte ich aus der Wohnung über mir die laute Stimme eines Mannes und dann einen gellenden Schrei, dem ein dumpfer Fall folgte. Ich hatte mir aber nichts weiter gedacht, weil es bei der Nitribitt sehr oft turbulent zuging.«

Der Heizer des Hauses Stiftstraße 36 erzählte

schließlich noch dem Oberkommissar, er habe am Dienstag, dem 29. Oktober, um sechzehn Uhr zwanzig, einen schwarzhaarigen, etwa fünfunddreißig Jahre alten Mann, den er mehrfach in Begleitung der Nitribitt gesehen hatte, beobachtet, als er in auffälliger Eile ihre Wohnung verließ und dann mit einem auf dem Hof abgestellten schwarzen Personenauto davonfuhr. Die Beschreibung dieses Mannes stimmte überein mit den Angaben der Aufwartefrau Krüger über den Vertrauten der Nitribitt. Sie hatte ihn im Protokoll beschrieben: »Groß, breitschultrig, schwarze Haare, ungefähr fünfunddreißig Jahre alt.«

Alles in allem halfen diese Aussagen der Mordkommission aber wenig. Sie erlaubten weder eine Schlußfolgerung, wann die Nitribitt ermordet wurde, noch gaben sie genaue Hinweise auf den Mörder.

»Dünn, dünner, am dünnsten«, kommentierte Oberkommissar Breiter sarkastisch seinen Bericht, den er um Mitternacht dem Chef der Frankfurter Kriminalpolizei, Albert Kalk, erstattete. »Oder sehen Sie einen Hoffnungsschimmer? Ich nicht.«

Der achtundvierzigjährige Kriminaldirektor blätterte oberflächlich die Berichte und Vernehmungsprotokolle durch, ehe er Breiter antwortete. »Sicher, viel ist es nicht, Breiter, aber das sind Sie doch gewohnt. Mörder hinterlassen ja nur selten ihre Visitenkarte am Tatort. Also, fangen Sie ganz von vorn an und machen Sie erst mal den Bekanntenkreis der Nitribitt ausfindig.«

»Du lieber Himmel«, stöhnte Breiter. »Die Dame hatte sicherlich ein paar hundert Bekannte. Wo soll ich denn da anfangen?«

»Ihre Sache, Breiter. Sie sind doch 'n alter Spürhund. Wenn die Dame so viele Bekannte hatte, ist sie selbst auch überall bekannt. Kämmen Sie mal die einschlägigen Nachtlokale durch.«

»Augenblick mal«, sagte Breiter plötzlich und wandte sich an seinen Kollegen Mörschel.

»Sie haben doch ein Notizbuch mit 'nem Adressenverzeichnis gefunden. Und einen Kasten Bilder. Fangen wir doch da an.«

Oberkommissar Mörschel sah betreten den Kriminaldirektor an. »Ich weiß nicht recht, Breiter, in dem Büchlein stehen Namen von Leuten, die höchstwahrscheinlich wenig Wert darauf legen, polizeilich vernommen zu werden.«

»So«, sagte Breiter nur und schaute abwartend den Kriminaldirektor an. Es wunderte ihn schon die ganze Zeit, daß sein höchster Chef wegen dieser unergiebigen Mordgeschichte die Nacht opferte. Das kannte er von ihm bisher nicht. Im Höchstfall ließ der sich mal einen Rapport abstatten, griff aber sonst wenig in die Kleinarbeit der Mordkommission ein. Nur bei den ganz großen Fällen, über die die Zeitungen seitenlange Berichte veröffentlichten, schaltete er sich persönlich in die Untersuchungen ein. Die Kollegen frotzelten, er täte dies nur, damit sein Name recht oft in der Presse erwähnt würde.

Breiter gemahnte das Verhalten des Chefs zur Vorsicht; er begann allmählich zu begreifen, daß an der Nitribitt-Geschichte wohl mehr hing, als auf den ersten Blick zu erkennen war.

Der Kriminaldirektor schien seine Gedanken zu erraten.

»Lassen wir erst mal das Notizbuch aus dem Spiel, Breiter. Falls es überhaupt notwendig ist, was ich nicht glaube, können wir immer noch darauf zurückkommen.«

Und als wollte er seinen Worten Nachdruck verleihen, nahm er das kleine Buch aus der Akte und schloß es in seinen Schreibtisch.

In diesem Augenblick hatte der pfiffige Oberkommissar Breiter eine folgenschwere Idee. Er konnte an die Leute, deren Namen im Notizbuch verzeichnet waren, nicht herankommen, wollte aber wenigstens dafür sorgen, daß sie zu ihm kamen. Und er nahm sich vor, einigen ihm gut bekannten Zeitungsreportern einen vertraulichen Hinweis auf das geheimnisvolle Notizbuch zu geben. Sie brauchten nur mit ein paar Worten anzudeuten, daß in der Wohnung der Ermordeten ein Büchlein sichergestellt worden war, in dem alle Namen und Adressen ihrer Kunden aufgeführt sind. Das würde den Betroffenen schon Beine machen. Sie würden von allein zur Polizei kommen, um nur nicht eine peinliche polizeiliche Vorladung zu bekommen. Insgeheim war Breiter mächtig stolz auf seinen Einfall. Laut sagte er nur: »Na gut, lassen wir das. Hoffen wir, daß uns Kommissar Zufall wieder mal weiterhilft.«

Der Kriminaldirektor gähnte plötzlich und sah dann demonstrativ auf seine goldene Armbanduhr. »Ich denke, wir machen für heute Schluß und überlegen morgen früh, was zu unternehmen ist. Auf alle Fälle müßten wir diesen Pohlmann auftreiben. Nehmen Sie das in die Hand, Breiter?«

Der Oberkommissar notierte sich pflichtbewußt den Namen in seinem dicken, abgegriffenen Taschenkalender.

»In Ordnung, Herr Kriminaldirektor, ich setze mich morgen früh gleich mit dem Einwohnermeldeamt in Verbindung und laß mir alle Pohlmänner raussuchen.«

Dazu kam der Oberkommissar Breiter am nächsten Morgen nicht mehr. Einer der ersten Besucher, die sich am 2. November 1957 im Frankfurter Polizeipräsidium einfanden, war der sechsunddreißig Jahre alte Handelsvertreter Heinz Christian Pohlmann. »Welche Stelle bearbeitet die Mordsache Nitribitt«, erkundigte er sich bei dem Polizisten in der Pförtnerloge. Der Wachtmeister mußte erst drei Telefonate führen, ehe er Pohlmann Bescheid geben konnte. Bis zu ihm hatte sich der Fall noch nicht herumgesprochen.

»Gehn Sie rauf in den dritten Stock, Zimmer dreihundertsechsundfünfzig, zu Oberkommissar Breiter.«

Der Oberkommissar starrte den eintretenden Pohlmann wie einen Geist an, sagte ungläubig: »Sie gibt es tatsächlich?«

»Wieso«, fragte Pohlmann unsicher. »Warten Sie auf mich?«

Breiter mußte lächeln. »Das gerade nicht. Doch wenn Sie nicht gekommen wären, wäre ich bestimmt in ein paar Stunden bei Ihnen erschienen. Aber setzen Sie sich doch erst mal.«

Pohlmann ließ sich auf dem angebotenen Stuhl nieder, zog dann seine akkurat gebügelten Hosen hoch. Ehe er aber sein Kommen erklären konnte, griff Breiter zum Telefon, wählte eine Nummer und sagte dabei: »Entschuldigen Sie, ich möchte nur meinen Chef benachrichtigen. Ich glaube, es wird notwendig sein, daß er unserer Unterredung beiwohnt.«

»Bitte, ich habe nichts dagegen«, antwortete Pohlmann leise und holte ein Zigarettenetui aus der Tasche. Breiter schob ihm wortlos einen Aschenbecher hin, während er seinem Kollegen Mörschel mitteilte, daß ein Herr Pohlmann gekommen sei.

»So«, eröffnete Breiter dann die Unterhaltung, »er wird gleich hier sein. Aber erzählen Sie nur, was Sie auf dem Herzen haben, Herr Pohlmann.«

Pohlmann drückte erst seine kaum angerauchte Zigarette im Aschenbecher aus, ehe er begann. »Tja, Sie werden es wohl schon ahnen, wie ich den Eindruck habe. Der Mord an dem Fräulein Nitribitt ist der Anlaß meines Besuches. Ich habe heute morgen die Meldung in der Zeitung gelesen, und da ich sehr gut mit ihr bekannt war, hielt ich es für richtig, sofort zu Ihnen zu kommen. Ich dachte mir, vielleicht kann ich Ihnen ein wenig helfen bei Ihren Ermittlungen. Ich kenne sie schon eine ganze Weile ...«

Das Knarren der Zimmertür unterbrach ihn. Oberkommissar Mörschel trat ein. Pohlmann drehte sich zu ihm um, erhob sich von seinem Stuhl, als Mörschel auf ihn zukam und sich vorstellte.

Breiter sagte erläuternd zu Mörschel: »Herr Pohlmann ist ein guter Bekannter der ermordeten Nitribitt. Er hat heute morgen die Zeitungsmeldung gelesen und ist daraufhin gleich zu uns gekommen, weil er glaubt, seine Angaben über die Tote könnten uns weiterhelfen.«

»Das ist nett von Ihnen«, sagte Mörschel unbefangen und bat Pohlmann, wieder Platz zu nehmen. Er selbst setzte sich etwas abseits auf einen Stuhl, so daß er den Besucher unauffällig beobachten konnte.

»Der Tod von Fräulein Nitribitt geht mir sehr nahe«, setzte Pohlmann mit einer feierlichen, fast sakralen Stimme seine Erzählung fort, die nicht so richtig zu seinem männlichen, ein wenig brutalen Gesicht passen wollte.

Breiter hatte Mühe, sein freundliches, verbindliches Lächeln zu bewahren. Der Mann gefiel ihm nicht. Er war ihm zu pathetisch, zu schön, zu weich. Er erinnerte ihn irgendwie an jene Männer, die in Bars verkehrten, in denen Frauen unerwünscht waren.

Er hatte sich nicht getäuscht. Als Mörschel im weiteren Verlauf des Gesprächs Pohlmann fragte, ob er mit der Nitribitt ein Liebesverhältnis unterhalten habe, sagte Pohlmann offen, daß er sich aus Frauen nichts mache.

Im einzelnen erzählte Pohlmann während der fast einstündigen Unterhaltung, daß er die Nitribitt vor etwas mehr als einem Jahr ganz zufällig an einer Tankstelle kennengelernt habe und daß ihn seitdem ein kameradschaftlich-freundschaftliches Verhältnis mit ihr verband. Er verschwieg nicht, daß er von dem Beruf der Nitribitt wußte und in ihre Geschäfte eingeweiht war.

Hier schaltete sich Oberkommissar Mörschel zum ersten Mal in die Unterhaltung ein und stellte ihm die Frage, ob er über den Kundenkreis der Ermordeten informiert wäre. Als Pohlmann andeutete, daß er die meisten ihrer ständigen Besucher mit Namen kenne, brachte Mörschel das Gespräch schnell wieder auf ein anderes Thema.

»Sagen Sie, Herr Pohlmann, wann waren Sie zum letzten Mal mit Fräulein Nitribitt zusammen?«

Pohlmanns Antwort bereitete dem Leiter der Mordkommission eine Enttäuschung. Seine Angaben stimmten mit der Aussage der Aufwartefrau Krüger überein. Er war am 29. Oktober um fünfzehn Uhr in die Wohnung der Nitribitt gegangen, hatte dort noch das Ende des Streites um die zerschlagene Wandvase miterlebt und auch gehört, daß die Nitribitt der Frau Krüger die Stellung kündigte. Wort für Wort bestätigte er diese Angaben, als habe er sie mit der Aufwartefrau vereinbart.

»Ja, Herr Pohlmann, was geschah nun, nachdem Frau Krüger gegangen war?« fragte Breiter, als Pohlmann eine Pause machte, in der er sich eine neue Zigarette ansteckte. Die sechste bereits, stellte Oberkommissar Mörschel insgeheim fest.

»Wollen Sie das alles im einzelnen wissen?«

»Möglichst ja. Soweit Sie sich noch daran erinnern.«

»Ja, als Frau Krüger gegangen war, sagte Rosie zu mir: Gieß uns doch mal einen Schnaps ein, Pohlmännchen. Sie nannte mich immer Pohlmännchen.«

Breiter unterbrach ihn. »Also, ganz so genau muß es nun auch nicht sein, Herr Pohlmann. Nur, was für die folgenden Ereignisse von Wichtigkeit ist, bitte!«

»Ist es ja, Herr Kommissar! Daß Rosie mir unaufgefordert einen Schnaps anbot, war ungewöhnlich. Sie war fast krankhaft geizig, und ich mußte sie jedesmal erst darum bitten, wenn ich Appetit auf einen Drink hatte.«

»Na gut. Sie bot Ihnen also überraschend einen Schnaps an. Warum?«

»Sie sagte, auf den ganzen Ärger der letzten Tage müßte sie einen trinken.«

»Meinte sie den Ärger mit der Krüger?«

»Nein, da war sie schon wieder drüber hinweg.«

»Was für Ärger hatte sie denn noch?«

Es war wirklich auffällig. Ehe Pohlmann antwortete, drückte er den Rest seiner Zigarette aus und zündete sich sofort eine neue an.

Mörschel registrierte das mit einem sachlichen Blick auf die im Aschenbecher liegenden Stummel.

»Worüber sie sich so nachhaltig geärgert hatte, verriet sie mir allerdings nicht. Ich glaube, es war auch weniger Ärger als vielmehr Angst. Sie hatte mich schon ein paar Tage vorher angerufen und mir gesagt, sie müßte mich ganz dringend sprechen, sie fürchte um ihr Leben.«

»Ach nee«, entfuhr es Breiter gegen seinen Willen.

»Ja, wirklich. Sie sagte das wörtlich zu mir. Ich hatte das genausowenig ernst genommen wie Sie jetzt eben. Es paßte gar nicht zu ihr.«

»Wer bedrohte denn ihr Leben? Erzählte sie Ihnen das wenigstens?«

»Nein. Sie ließ mich erst den Schnaps eingießen. Es war ein schottischer Whisky. Und als wir das erste Glas getrunken hatten, klingelte das Telefon. Einer ihrer Kunden wollte sie gleich besuchen; das entnahm ich dem Gespräch.«

Hier unterbrach Mörschel wieder Pohlmanns Bericht. »Sagte sie Ihnen, wer angerufen hatte?«

»Ja. Veldmann war es. Ein sehr begüterter Fabrikbesitzer, glaube ich. Deshalb konnte sie ihn auch nicht abweisen.«

Als Breiter weitere Fragen über den begüterten Fabrikbesitzer stellen wollte, kam ihm Mörschel zuvor.

»Erschien dieser Veldmann dann auch?«

»Ja, keine zehn Minuten später war er da. Ich mußte mich noch schnell in der Küche verstecken, damit er nicht merkte, daß vor ihm Besuch dagewesen war. Absolute Diskretion den Kunden gegenüber war Rosies oberstes Geschäftsprinzip. Dadurch kam sie auch nicht mehr dazu, mir zu erzählen, vor wem sie nun solche Angst hatte.«

»Na, doch wohl nicht vor diesem Veldmann? Sonst hätte sie ihn sicher nicht kommen oder Sie nicht gehen lassen.«

»Aller Wahrscheinlichkeit nach nicht, Herr Kommissar!«

Dem Oberkommissar Mörschel behagte es wenig, daß Pohlmann den Fabrikbesitzer Veldmann bei der Nitribitt gesehen haben wollte. Veldmann war ein angesehener Bürger Frankfurts.

»Sie sagten eben, die Nitribitt schickte Sie in die Küche, damit Veldmann nicht merken sollte, daß vor ihm schon ein Mann da war. Wie wollten Sie aber unbemerkt die Wohnung verlassen? Das Zuklappen der Tür hätte Sie doch verraten.«

»Dafür hatten wir schon etwas verabredet. Es war ja öfter vorgekommen, daß ich bei Rosie war, wenn Besuch kam. Sie rief einfach aus dem Wohnzimmer: Erna, wenn du gehst, vergiß bitte nicht, Brot mitzubringen. Für mich war es das Stichwort zum Gehen, und der Besucher war der Meinung, ihre Aufwartefrau wäre es, die die Tür zuklappte.«

Oberkommissar Breiter schüttelte belustigt den Kopf und konnte es sich nicht verkneifen zu fragen: »Wissen Sie eigentlich, was die Herren Kavaliere für solche Besuche zahlten?«

Pohlmann senkte den Kopf, als wäre ihm die Frage besonders peinlich. Er sagte dann doch: »Zwischen fünfhundert und tausend Mark meistens. Manche schenkten ihr aber auch Schmuck oder Kleidungsstücke. Das war ganz individuell.«

Breiter enthielt sich weiterer Bemerkungen.

An seiner Stelle fragte Mörschel: »Wie spät war es, als Sie gingen?«

Pohlmann überlegte kurz. »Um fünfzehn Uhr war ich gekommen ... Es kann kurz vor halb vier gewesen sein.«

»Und was taten Sie dann?«

»Ich fuhr mit meinem Wagen nach Hause.«

»Was fahren Sie für einen Wagen?«

»Einen Ford fünfzehn M-Kombi.«

»Welche Farbe hat der Wagen?«

»Hellgrau.«

Pohlmann deutete mit dem Kopf zum Fenster. »Sie können es nachprüfen. Er steht unten vor dem Präsidium.«

Mörschel lächelte dünn. »Nicht nötig, wir glauben Ihnen auch so. Aber vielleicht sagen Sie uns noch genau, wann Sie zu Hause waren und ob jemand Ihre Angaben bestätigen kann?«

Einen Moment sah es aus, als wollte Pohlmann protestieren, weil aus der Unterhaltung inzwischen ein Verhör geworden war. Er sagte dann aber beherrscht: »Spätestens sechzehn Uhr. Ich habe mir unterwegs noch Zigaretten gekauft und die Abendzeitung, später war es bestimmt nicht.«

»Und wer hat Sie nach Hause kommen sehen?«

»Kann ich Ihnen nicht sagen. Getroffen habe ich niemand.«

»Sind Sie den ganzen Nachmittag und Abend mit niemand mehr zusammengekommen, Herr Pohlmann?«

»Abends erst, mit meinem Untermieter, als er gegen zwanzig Uhr nach Hause kam.«

»Dann gibt es also niemand, der bezeugen könnte, was Sie zwischen fünfzehn Uhr nachmittags und zwanzig Uhr abends getan haben?«

Verärgert antwortete Pohlmann: »Wenn Sie damit meinen, daß ich kein Alibi besitze, haben Sie recht. Doch ich kann Ihnen versichern, wenn ich der Täter wäre, säße ich nicht hier.«

Breiter lachte gemütlich über Pohlmanns Ausbruch. »Richtig, Herr Pohlmann, dann säßen Sie schon in Untersuchungshaft. So war das auch nicht vom Herrn Oberkommissar gemeint. Wir müssen die Bekannten der Nitribitt überprüfen, um alle ausscheiden zu können, die nichts mit dem Mord zu tun haben!«

Mit der gleichen Freundlichkeit bewies Breiter aber schon bei der nächsten Frage, daß er Pohlmann der Tat verdächtig hielt.

»Sagen Sie, Herr Pohlmann, die Nitribitt wollte Sie doch so dringend sprechen. Warum sind Sie eigentlich nicht am nächsten Tag zu ihr gegangen?«

Die Frage verfehlte ihr Ziel. Diesmal lächelte Pohlmann. »Weil ich am dreißigsten Oktober mit der Sechs-Uhr-dreißig-Maschine nach Hamburg geflogen und erst gestern um zweiundzwanzig Uhr zehn zurückgekommen bin. Ich arbeite für eine Hamburger Firma als Vertreter und hatte dort geschäftlich zu tun.«

Pohlmann holte aus seiner Jackettasche eine Geschäftskarte seiner Firma und legte sie Breiter auf den Schreibtisch.

»Hier ist die Adresse der Firma. Sie können dort meine Angaben überprüfen. Außerdem ist mein Name auch in der Passagierliste der Fluggesellschaft vermerkt.«

Breiter schob die Visitenkarte zurück. »Wir glauben Ihnen auch so, Herr Pohlmann. Es war nur unsere Pflicht. Sie wissen ja, die Polizei muß alles untersuchen.«

Ehe Pohlmann die Visitenkarte wieder an sich nehmen konnte, stand Mörschel auf und griff nach der Geschäftskarte. »Ach, die Firma kenne ich. Sind Sie schon lange dort beschäftigt?«

»Seit über drei Jahren.«

Mörschel reichte Pohlmann die Karte zurück. Name und Anschrift hatte er sich in Gedanken notiert.

Breiter sah seinen Chef abwartend an, beendete die Unterredung, als Mörschel keine Fragen mehr stellte: »Ja, Herr Pohlmann, ich denke, Ihr Besuch hat uns einen Schritt weiter geholfen. Haben Sie herzlichen Dank dafür.« Er reichte Pohlmann die Hand und verabschiedete ihn. Mörschel nickte nur reserviert und sagte, als Pohlmann schon an der Tür stand: »Falls wir noch Fragen an Sie haben, Herr Pohlmann, stehen Sie uns doch hoffentlich wieder zur Verfügung?«

Pohlmann antwortete kühl: »Sooft es meine Zeit erlaubt, gern.« Damit verließ er das Zimmer.

»Was wollen Sie sich denn mit dem noch aufhalten? Der scheidet doch als Täter aus«, sagte Breiter später zu Mörschel. Er verstand nicht, was sich sein Chef von weiteren Vernehmungen erhoffte.

»Wieso?« sagte Mörschel nur.

»Weil die Nitribitt nach Aussage der Frau, die unter ihr wohnt, frühestens am dreißigsten Oktober umgebracht wurde. Zu dieser Zeit war Pohlmann längst in Hamburg, oder meinen Sie, daß er uns einen Bären aufgebunden hat? Das wäre doch blöd.«

Der ins Zimmer kommende Kriminaldirektor Kalk enthob Mörschel der Antwort. Über eine im Zimmer versteckt angebrachte Abhöranlage hatte er die Vernehmung Pohlmanns mit angehört.

»Die Nitribitt wurde nicht am dreißigsten, sondern am neunundzwanzigsten Oktober zwischen fünfzehn und sechzehn Uhr getötet. Hier ist der Obduktionsbefund von Doktor Wegener«, sagte Kalk und übergab Mörschel ein zwei Seiten langes Protokoll des gerichtsmedizinischen Institutes.

Ehe Mörschel noch den Text lesen konnte, ordnete Kalk an: »Lassen Sie also den Pohlmann beschatten und überprüfen Sie, wovon er lebt, wieviel er in den letzten Jahren verdient hat, ob er Schulden hat, na, und so weiter. Sehn Sie zu, daß Sie brauchbares Belastungsmaterial zusammenkriegen. Bis dahin ist Pohlmann alle zwei Tage zu vernehmen. Alle anderen Ermittlungen können Sie einstellen.«

Breiter glaubte nicht richtig gehört zu haben. »Im Ernst, sollen wir nichts weiter unternehmen?«

»Ist das nicht Arbeit genug, Breiter, den Mann zur Strecke zu bringen?«

Der Oberkommissar wagte noch einen letzten Einwand. »Erleiden wir aber mit Pohlmann eine Panne, sind alle anderen Spuren verwischt, Herr Kriminaldirektor. Wenn der Täter Zeit gewinnt, hat er in ein paar Tagen alles gewonnen.«

Kalk antwortete nicht, sagte nur im Hinausgehen zu Mörschel: »Sie wissen Bescheid, wir handeln wie abgesprochen. Und bis dahin absolute Nachrichtensperre an die Presse.«

Breiter biß sich vor Wut auf die Lippen. Erst als die Tür hinter Kalk ins Schloß fiel, schimpfte er los.

»Bin ich nun blöd oder der? So einseitig kann man doch die Ermittlungen nicht führen. Das geht doch ins Auge.«

Es schien, als sollte Oberkommissar Breiter mit seinen Befürchtungen recht behalten. Sein vertraulicher Hinweis auf das geheimnisvolle Notizbuch der Nitribitt, den er am nächsten Tag einigen ihm bekannten Zeitungsreportern gab, löste den befürchteten Skandal aus. Alle westeuropäischen Gazetten griffen mit Begierde den Hinweis auf und meldeten in riesigen Schlagzeilen, daß im Frankfurter Appartement der Nitribitt die Creme der bundesrepublikanischen Gesellschaft abgestiegen war. Die Phantasie der Artikelschreiber machte aus dem Dutzend Namen, die tatsächlich im Notizbuch standen, Hunderte Adressen bekannter Persönlichkeiten des öffentlichen Lebens. Der Nitribitt wurden im gleichen Atemzug die tollsten Geschichten angehängt. Mit in der Blumenvase versteckter Geheimkamera und im Bett eingebautem Tonbandgerät sollte sie die Tête-à-têtes mit ihren prominenten Liebhabern für die Ewigkeit festgehalten und zu Erpressungsversuchen benutzt haben. Damit die Nitribitt-Geschichte auch einen politischen Akzent bekam, machten einige Blättchen aus ihr zusätzlich eine kommunistische Meisterspionin, die den einflußreichen Lüstlingen in ihrem französischen Bett die wichtigsten Staatsgeheimnisse entlockt hatte.

Der Skandal, den Kriminaldirektor Kalk, ein Duzfreund des damaligen Innenministers Schröder, gewiß nicht nur aus eigenem Antrieb unter allen Umständen verhindern wollte, wurde perfekt.

Kein Name wurde in dieser Zeit so oft in der Presse genannt wie der Name Nitribitt!

Soviel aber über den Tod der Nitribitt und über ihren berühmten Kundenkreis zusammengeschrieben wurde, nicht einmal wurde ein Name ihrer Verehrer genannt. So lauthals auch im Blätterwald »Skandal« geschrien und Moral gepredigt wurde, in diesem Punkt war man diskret.

Für die geplagten Kriminalbeamten hatte die Sensationsmacherei der Presse katastrophale Folgen. Nach den ersten Berichten meldeten sich im Zimmer des Oberkommissars Breiter innerhalb einer Woche dreihundertelf angesehene Männer aus Wirtschaft und Politik: Freiwillig, ihre chromblitzenden Wagen in der Garage lassend, damit die Nummernschilder sie nicht verraten konnten, fuhren sie mit der Straßenbahn zum Polizeipräsidium und machten in dem nüchternen, kahlen Dienstzimmer Angaben über ihre Beziehungen zur ermordeten Nitribitt und baten händeringend um diskrete Behandlung.

Kein einziger Name der Männer, die in der Woche nach der Entdeckung des Mordes bei der Polizei vorsprachen, drang bis heute in die Öffentlichkeit. Keiner der hochangesehenen Lebemänner wurde bloßgestellt.

Für die Beamten der Mordkommission bedeuteten diese Massenvernehmungen unermüdliche Aufnahme von Protokollen, die jede andere Arbeit zum Erliegen brachte. Die Suche nach dem Mörder blieb in dem Papierwust der Zeugenvernehmungen stecken. Doch eines Tages mußten die vorerst nur protokollierten Angaben der Aufsichtsratsvorsitzenden, Fabrikdirektoren, Diplomaten und Politiker überprüft werden. Alle Welt war jetzt überzeugt, daß der Täter oder sein Auftraggeber in diesem Personenkreis zu suchen sei. Solange die hochangesehenen Männer nur als Zeugen gehört wurden, konnte die Polizei ihre Namen und Stellungen geheimhalten. Was aber, wenn einer von ihnen in Verdacht geriet, die Nitribitt umgebracht zu haben, wenn er gar überführt wurde, ihr Mörder zu sein?

Es kam nie soweit. Die Angaben und Alibis der dreihundertelf Persönlichkeiten des öffentlichen Lebens brauchten nicht überprüft, ihre Namen nicht bloßgestellt zu werden. Es fand sich ein Mann, der den Verdacht auf sich nahm, der Mörder der Nitribitt zu sein. Er ließ sich ein Jahr in Untersuchungshaft sperren und einen Mordprozeß machen, nachdem man ihm eine entsprechende Honorierung und einen Freispruch mangels Beweisen zugesichert hatte. Es war der Freund der Nitribitt, Heinz Pohlmann! Dieses Gentleman's Agreement, das Pohlmann mit der Frankfurter Kriminalpolizei schloß, war der unglaublichste Skandal in der deutschen Kriminalgeschichte, gegen den die ganze Nitribitt-Affäre wie ein Krippenspiel anmutet.

Wie es im einzelnen dazu kam, daß Pohlmann die Rolle des Mörders übernahm, und unter welchen Bedingungen er sich einverstanden erklärte, wurde in keinem Protokoll festgehalten und ohne Zeugen zwischen Pohlmann, Kriminaldirektor Kalk und dem Hamburger Rechtsanwalt Müller ausgehandelt. Die Beteiligten schwiegen darüber verständlicherweise bis heute. Doch die nachfolgenden Ereignisse und besonders der Scheinprozeß, der zwei Jahre später vor dem Frankfurter Schwurgericht gegen Pohlmann geführt wurde und der wie vereinbart mit einem Freispruch aus Mangel an Beweisen endete, lassen keine Zweifel daran, daß der Fall Nitribitt auf diese makabre Weise zu den Akten gelegt wurde.

Es ging folgendermaßen vor sich:

Am 12. November 1957, elf Tage nach der Entdeckung des Mordes an der Nitribitt, wurde der Leiter der Mordkommission, Oberkommissar Mörschel, vom Dienst beurlaubt. Die ihm bisher unterstellten Beamten bekamen die Bearbeitung eines anderen, unbedeutenderen Falles übertragen. Offiziell hieß es, Mörschel habe durch die Arbeitsüberlastung einen Nervenzusammenbruch erlitten. Im Schwurgerichtsprozeß widerlegte Mörschel jedoch diese Begründung für seine Abberufung.

Er sagte unter Eid aus: »Kriminaldirektor Kalk hatte von mir die Festnahme Pohlmanns verlangt und verfügt, keine weiteren Täterspuren mehr zu verfolgen. Ich lehnte das ab. Das gegen Pohlmann zusammengetragene Beweismaterial war so dürftig, daß wir uns in einem Prozeß lächerlich gemacht hätten. Die Verfolgung anderer Täterspuren hielt ich für unbedingt erforderlich. Ich war überzeugt, daß Pohlmann nicht der Täter sein konnte. Wegen dieser Differenzen erfolgte meine Beurlaubung.«

Nachdem nun die Mordkommission ausgeschaltet war, führte Kriminaldirektor Kalk die weiteren Ermittlungen selbst durch. Unterstützt wurde er hierbei von einem Hauptkommissar Radoi, der zum politischen Dezernat der Frankfurter Polizei gehörte, als besonders verläßlich galt und eigens für die weitere Bearbeitung des Falles Nitribitt zur Mordinspektion abgestellt worden war.

Alle weiteren Ermittlungen konzentrierten sich von nun an ausschließlich auf Pohlmann. Dennoch verging über ein Vierteljahr, ehe die Presse die Festnahme des »Mörders der Nitribitt« melden konnte. Am 5. Februar 1958 wurde Heinz Pohlmann in Haft genommen.

Über die Gründe der Festnahme gab die Pressestelle des Polizeipräsidiums ein sechs Punkte umfassendes Kommuniqué heraus. Darin hieß es:

1. Pohlmann war unmittelbar vor dem Mord an Rosemarie Nitribitt in finanzieller Bedrängnis. Kurz nach dem Verbrechen gab er etwa 20000 Mark aus.

2. Der Verhaftete kann die Herkunft dieser erheblichen Summen nicht nachweisen. Dagegen ist bewiesen, daß er wußte, wo Rosemarie Nitribitt zum Zeitpunkt ihres Todes einen sehr großen Barbetrag in ihrer Wohnung aufbewahrte. Pohlmann wußte von einem geplanten Ringkauf und riet seiner Freundin von einem baldigen Kauf ab. Er wollte so verhindern, daß die Nitribitt ihr Bargeld ausgab.

3. Zeugen bestätigen, daß Pohlmann sich unmittelbar um die Tatzeit in der Gegend der Stiftstraße aufhielt, daß er schweißüberströmt und aufgeregt war und eine Verletzung an der Lippe hatte, die wahrscheinlich von einer Auseinandersetzung vor dem Mord stammte.

4. Der Mord an der Nitribitt konnte nur von einer mit ihr eng vertrauten Person verübt worden sein, die über ihre Lebensgewohnheiten und die Verhältnisse in der Wohnung genau Bescheid wußte. Nachdem andere Personen, auf die diese Merkmale zutreffen, einwandfrei als Täter ausgeschieden waren, blieb nur Pohlmann übrig.

5. Pohlmann hatte die Polizei über die am Mordtag getragene Kleidung belogen. Er hatte versucht, Blutflecken aus seiner mausgrauen Hose zu entfernen. Er kann keine glaubhafte Erklärung für diese Flecke finden.

6. Seine Fingerabdrücke wurden am Tatort gefunden.

In einem Nachsatz wurde ferner mitgeteilt, daß Pohlmann bisher noch kein Geständnis abgelegt und jede Aussage bis zum Schwurgerichtsprozeß verweigert hätte.

Elf Monate später wurde Pohlmann aus der Untersuchungshaft entlassen. Man mußte wohl die Öffentlichkeit langsam auf den enttäuschenden Ausgang des noch ausstehenden Schwurgerichtsprozesses vorbereiten. Der Haftprüfungsrichter des Frankfurter Landgerichts stellte überraschend fest: »Es besteht kein hinreichender Tatverdacht mehr gegen den Beschuldigten.« Zu dieser Überzeugung war der einstige Leiter der Mordkommission, Mörschel, bereits ein Jahr früher gekommen. Noch interessanter war der zweite Satz der richterlichen Begründung für die Haftentlassung. »Es ist auch nicht mehr anzunehmen, daß nach so langer Zeit der Mord jemals aufgeklärt werden kann.«

Nichts anderes hatte die Kriminalpolizei mit der Festnahme Pohlmanns erreichen wollen: Beseitigung aller Spuren, die zum wirklichen Mörder führten. Dazu hatte das eine Jahr ausgereicht. Wer jemals versuchen sollte, den Fall Nitribitt noch einmal aufzurollen, würde keine Ansatzpunkte für Ermittlungen mehr finden.

Der »Mohr« Pohlmann hatte seine Schuldigkeit buchstäblich getan, er durfte wieder gehen.

Pohlmann flog noch am selben Tag nach Hamburg, traf sich dort mit dem Rechtsanwalt Müller und handelte mit ihm den Lohn für sein Schweigen im Gefängnis aus. Einzelheiten über die Unterredung erfuhr die Öffentlichkeit erst anderthalb Jahre später in der Verhandlung vor dem Frankfurter Schwurgericht.

Über den Prozeß, der am 19. Juni 1960 begann und eher einer Kriminalkomödie denn einer Schwurgerichtsverhandlung ähnelte, schrieb unter anderem der »Stern«:

»Der Forscheste in diesem seltsamen Mordprozeß ist nicht, wie man erwarten sollte, der Staatsanwalt, der Vertreter der Anklage, sondern der Angeklagte Pohlmann ... Er beherrscht die Szenerie wie einer, der den Freispruch schriftlich in der Tasche hat. Er sieht aus, als hätte er im Untersuchungsgefängnis eine Zelle mit Balkon nach Süden gehabt. Als es ihm im Gerichtssaal zu warm wird, sagt er ungefragt zum Vorsitzenden: ›Haben Sie etwas dagegen, wenn ich mir die Schuhe ausziehe, Herr Rat?‹ Seine Stimme bittet nicht, sie fordert oder setzt in Kenntnis.«

Der Amtsgerichtsrat Dreysel, der die Verhandlung leitete, hatte nichts dagegen, daß sich Pohlmann schon in der ersten Stunde des Prozesses gemütlich die Schuhe auszog wie zu Hause in der guten Stube. Er erlaubte Pohlmann auch sitzenzubleiben, wenn er Aussagen zu machen hatte, während der Staatsanwalt wie ein Schuljunge aufstehen mußte, als er seine Anklageschrift verlas. Als Zeitungsreporter mehrmals den Saal verließen, um ihrer Redaktion telefonische Berichte über den Prozeßbeginn durchzugeben, beschwerte sich Pohlmann sofort beim Vorsitzenden.

»Diese Störungen machen mich nervös. Kann man das Hinundhergerenne nicht endlich unterlassen?«

Gehorsam forderte daraufhin der Vorsitzende die Journalisten auf, jedes unnötige Verlassen des Saales zu vermeiden.

Welche Rolle Pohlmann in diesem Prozeß spielte, wurde besonders deutlich im Verlaufe eines Lokaltermins, der in seiner Wohnung stattfand und der klären sollte, ob Pohlmann unter einem Schuhschrank zwanzigtausend Mark, die er gespart hatte, verstecken konnte oder nicht. Dazu hatte die Schutzpolizei die Straße, in der Pohlmanns Wohnhaus lag, abgesperrt, und zwar so hermetisch, daß weder Pohlmanns Verteidiger noch der Schwurgerichtsvorsitzende die Postenkette passieren durften. Vergeblich versuchte der Amtsgerichtsrat den Polizeiposten klarzumachen, daß er der Vorsitzende des Gerichts sei und unbedingt ins Haus müsse. »Das kann jeder sagen«, antwortete einer der schlauen Polizisten und ließ sich auf keine weiteren Diskussionen mehr ein. Glücklicherweise erschien bald danach Herr Pohlmann. Jovial klopfte er den Polizisten, die sein Gesicht aus allen Zeitungen kannten und bei denen er bekannt war wie ein Filmschauspieler, auf die Schulter.

»Aber, Jungs, das ist doch mein Vorsitzender. Ohne

ihn kann's ja hier gar nicht losgehen, laßt ihn mal durch.«

So gelang es dann dem Schwurgerichtsvorsitzenden Dreysel doch noch, das Haus zu betreten.

Der äußere Rahmen des Prozesses war kaum mehr als eine Farce; die eigentliche Mordanklage stand dem in nichts nach.

»Pohlmann hat die Nitribitt am 29. Oktober 1957 zwischen fünfzehn und sechzehn Uhr dreißig niedergeschlagen, erwürgt und dann beraubt«, hieß es in der vom Kriminaldirektor Kalk mühsam zusammengebrachten Anklageschrift immer noch, obgleich diese Behauptung schon im Ermittlungsverfahren von mehreren Zeugen widerlegt worden war. Untermauert wurde dieser Punkt nur noch durch die Erzählung der Aufwartefrau Erna Krüger, die behauptet hatte, vor der Wohnung hätten drei volle Milchflaschen und drei Beutel mit neun Brötchen gestanden. Doch die Mordkommission hatte nur leere Flaschen und Beutel gefunden, weil Erna Krüger angeblich in der Aufregung die Milch ausgetrunken und die Brötchen aufgegessen hatte. Pohlmanns zwei Verteidiger, die er sich bei den erhaltenen Schweigegeldern leisten konnte, hatten es leicht, auch die angebliche Todesstunde der Nitribitt in Frage zu stellen. Sie ließen die Zeugen aufmarschieren, die schon dem Oberkommissar Breiter bestätigt hatten, daß sie Rosemarie Nitribitt noch am späten Abend des 29. Oktober 1957 oder vielmehr am Mittag des 30. Oktober 1957 lebend gesehen hatten. Der Polizeiarzt Dr. Wegener, der die Leiche obduziert hatte, mußte zugeben, daß bei größerer Wärme im Zimmer der Verwesungsprozeß schneller hatte vonstatten gehen können, als im Gutachten angenommen. Dem Gutachten lag Breiters Temperaturmessung zugrunde, die er erst durchgeführt hatte, nachdem das Zimmerfenster eine Stunde offengestanden hatte. Damit war erneut widerlegt, daß die Nitribitt schon am

29. Oktober erwürgt worden war. Das ganze ohnehin wacklige Kartenhaus der Anklage stürzte damit zusammen. War die Nitribitt nicht am Nachmittag des 29. Oktober ermordet worden, schied Pohlmann als Täter aus. Nur für diesen Nachmittag besaß er kein Alibi. Die nächsten beiden Tage hatte er sich in Hamburg aufgehalten, wie die Passagierliste des Frankfurter Flugplatzes und die Vernehmung des Geschäftsmannes bestätigten, den Pohlmann dort aufgesucht hatte.

Alle weiteren Erörterungen dieses Prozesses waren für den Ausgang des Verfahrens ohne Interesse.

Trotzdem kam noch einmal Spannung im Zuhörerraum auf, als der Vorsitzende Pohlmann fragte, woher er denn das Geld bekommen habe, für das er sich nach dem Tod der Nitribitt einen neuen Wagen und verschiedene Anzüge gekauft habe.

Vor der Polizei hatte Pohlmann anfänglich behauptet, er habe es von seinem Einkommen gespart und unter seinem Schuhschrank versteckt gehabt. Das war zweifellos gelogen. Soviel hatte Pohlmann als Handelsvertreter nie verdient, um bei seinem ausschweifenden Lebenswandel zwanzigtausend Mark sparen zu können.

Das Geld mußte also aus anderen, dunklen Quellen stammen, die Pohlmann nicht preisgeben wollte. Welcher Art diese Quellen waren, ließen seine Vorstrafen leicht ahnen.

Er war bereits zehnmal wegen Betruges, Diebstahls und Unterschlagung verurteilt worden.

Statt nun einfach die Antwort auf die Frage des Vorsitzenden zu verweigern, machte Pohlmann derart dumme und unglaubhafte Ausflüchte, daß die nicht eingeweihten Geschworenen und Zuhörer folgern mußten, er habe das Geld doch der Nitribitt gestohlen.

In dieser einzigen heiklen Situation des Prozesses sprang der Staatsanwalt Sommer für Pohlmann ein.

Obgleich es seine Aufgabe war, die Anklage zu vertreten und Pohlmann des Mordes zu überführen, stellte er eine Frage, die Pohlmann vollends entlastete.

»Herr Pohlmann, ist Ihnen von Personen, die möglicherweise mit dem Mord in Zusammenhang stehen, eine Viertelmillion Mark Schweigegeld geboten worden?«

Mehr hätten auch seine beiden Verteidiger nicht für ihn tun können. Pohlmann lächelte dankbar und nickte zustimmend mit dem Kopf.

Konnte der ahnungslose Zuhörer vorher noch glauben, daß nur Fehler und Unzulänglichkeiten in der polizeilichen Ermittlungsarbeit die Aufklärung des Nitribitt-Mordes verhinderten, so mußte ihm nun wohl klar sein, daß die Verhandlung nur dazu diente, die wahren Zusammenhänge und Hintergründe des Falles zu verdunkeln.

Wieviel Honorar Pohlmann für seine Rolle erhalten hatte oder noch bekommen sollte, darüber schwieg man sich im Prozeß aus. Eine Tageszeitung schrieb zwar: »Pohlmann wollte eine Million Schweigegeld« und plauderte im einzelnen aus: »Nachdem Pohlmann aus der Untersuchungshaft entlassen worden war und in einer Illustrierten einen Fortsetzungsbericht zu veröffentlichen begann, der die Hintergründe des Falles Nitribitt enthüllen sollte, hatten die Angehörigen eines Besuchers der Nitribitt mit angesehenem Namen gefürchtet, bloßgestellt zu werden. Deshalb beauftragten sie einen Hamburger Rechtsanwalt mit der Einleitung geeigneter Schritte. Der Anwalt traf auch mit Pohlmann zusammen. Wie verlautet, soll Pohlmann dabei eine Million Mark gefordert haben. Im weiteren Verlauf der Verhandlungen habe er sich dann aber mit zweihundertfünfzigtausend Mark einverstanden erklärt.«

Der zitierte Hamburger Anwalt namens Müller trat am vorletzten Verhandlungstag als Zeuge der Verteidigung auf und bestätigte unter Eid, mit Pohlmann derartige Verhandlungen geführt zu haben. Er sprach aber nicht von »Schweigegeldern«, sondern von einem »Abkauf der Persönlichkeitsrechte«. Angaben über die Höhe der gezahlten Gelder und über den Namen seines Auftraggebers zu machen lehnte der Rechtsanwalt diskret unter Bezugnahme auf seine berufliche Schweigepflicht ab.

Als der Vorsitzende darauf den Angeklagten naiv fragte, ob er nicht sagen wolle, wieviel Geld er erhalten und wer es gezahlt habe, bewies Pohlmann die gleiche diskrete Zurückhaltung.

»Ich möchte darauf nicht antworten«, sagte er nur. Am 12. Juli 1960 endete dieses Schwurgerichtsschauspiel. Wie es Pohlmann fest in die Hand zugesichert worden war, wurde er aus Mangel an Beweisen freigesprochen. Das geschah im Namen des Volkes und auf Kosten der Staatskasse, wie es in der dürren Urteilsformel hieß.